De Stagecoach

Een Western Roman

Richard G. Hole

Far West

De stagecoach van Missouri bestond uit vier oude voertuigen, groot, zwaar, verkleurd, maar zwaar gepantserd,

Twee rijtuigen maakten de heenreis, terwijl de andere twee de terugreis maakten, die een week duurde.

De naam van de lijn was te danken aan het feit dat de auto's de helft van hun reis evenwijdig aan de Missouri-rivier reden en de andere helft door de vallei reden en de rivier aan de linkerkant verlieten terwijl ze naar de kloof reden.

De Stagecoach is een verhaal dat behoort tot de Far West-collectie, een verzameling romans ontwikkeld in het Amerikaanse Wilde Westen.

DE STAGECOACH

De Missouri Stagecoach, de naam waaronder hij in de regio bekend stond, was een kwartet van oude voertuigen, groot, zwaar, verkleurd, maar zwaar gepantserd, die de reis maakten van bijna centraal Nebraska, vertrekkend vanuit Dunning, om de reis te beëindigen in Marsland , tot tweehonderd mijl van het startpunt en al bijna in de grens van de regio, tot vijftig mijl ten noorden van South Dakota en nog eens vijftig mijl door het westen van Wyoming.

Twee rijtuigen maakten de heenreis, terwijl de andere twee de terugreis maakten, die een week duurde, en de naam van de lijn was te danken aan het feit dat de auto's gedurende de helft van hun reis en de andere helft parallel aan de rivier de Missouri reden ze doorkruisten de vallei en lieten de rivier links liggen terwijl ze naar de kloof trokken.

Een deel van de route leek bijna overbodig om de spoorlijn te volgen, die dezelfde route naar Seneca liep, maar daar daalde de spoorlijn naar beneden, weg van een redelijk bevolkte sector en de stagecoach compenseerde dit gebrek door in verbinding te staan met de rest van de staat, naar de steden verspreid in dit stukje vallei.

Verder naar het noorden, op een afstand van ongeveer twintig mijl, liep een andere rivier, de Northern Lupp, evenwijdig aan de loop van de Missouri, maar beiden stierven in het midden van de lijn en vonden geen waterwegen meer totdat ze de Niobrara bereikten, die precies Marsland waar de stagecoach stierf.

Op dinsdag en zaterdag halverwege de middag, alsof het een getimed ding was, stak een van de twee stagecoachen die naar het noordwesten gingen door Nirvay, en op maandag en vrijdag deden de stagecoachen die aan het hoofd van de rij afdaalden.

Nirvay, een stad in de buurt van de spoorlijn en op korte afstand van de Missouri, was een tamelijk discrete stad, met enkele bakstenen gebouwen, zoals het stadhuis, het postkantoor en de Banco Ganadero, en over het algemeen waren de huizen schoon en aantrekkelijk. de straten zijn minder stoffig dan die van veel steden in de regio en de hardwerkende en ijverige inwoners.

Er waren twee belangrijke houtzagerijen in de stad die voor een goed contingent arbeiders zorgden, verschillende goed onderhouden boerderijen die kaas, boter en andere producten bewerkten, veel winkels van verschillende soorten, en in het dalgedeelte enkele belangrijke boerderijen.

De spoorlijn en de rivier maakten van Nirvay een stad met veel commercieel verkeer en daarom genoot de Banco Ganadero een uitstekende kredietwaardigheid en een ongewone geldstroom.

De bank werd opgericht door Alfred Hamson, samen met twee andere partners, Smith en Ariliss, die enige tijd de naam van het bedrijf vormden, maar later slaagde Hamson erin om het partnerschap te omzeilen en de aandelen van zijn collega's te behouden.

En hij was de algemeen directeur en eigenaar, met geen andere voogdij dan een door hem aangestelde raad van bestuur onder enkele inwoners van de stad, die twee keer per jaar bijeenkwam, de ingewikkelde rekeningen goedkeurde die Hamson hun voor ogen hield zonder er iets van te begrijpen, en later zouden ze samenkomen om te eten met de eigen directeur, een gelukkige en gelukkige dag doorbrengen en de halfjaarlijkse vergoedingen ontvangen die hun waren toegewezen voor hun kleine werk.

Ze hadden allemaal een groot vertrouwen in Alfred Hamson. Hij was tot twee jaar geleden een rancher geweest, die de ranch aan een buurman verkocht en zich terugtrok in het privéleven om van zijn welverdiende voordelen te genieten.

Hamson schuilde in een prachtig landhuis dat in de vallei was gebouwd, op korte afstand van de stad, en elke dag ging hij stipt naar de bank in zijn optreden om zijn administratie te regelen, samen met de drie medewerkers die hij tot zijn beschikking had.

Hij was degene die alle financiële problemen oploste, die leningen op grond, vee, boerderijen en gewassen goedkeurde of weigerde, en die persoonlijk de bankbeweging leidde, terwijl zijn gezinsleden werden gedegradeerd tot de bureaucratische functies van het bedrijf.

Maar Hamson kon geen genoegen nemen met zo'n trage baan. Het is waar dat de Bank een redelijke winst zou moeten maken op haar beweging, maar het geld dat in de dozen stond, produceerde niet logisch.

En Hamson speculeerde met hem, bestudeerde de aandelenmarkt, droeg redelijke bedragen bij aan de wol- en tarwemarkten, verwierf of verkocht aandelen in de spoorwegen, watervallen, bouwbedrijven in de regio, en deze bijdrage diende tot de uitbreiding van de vallei en, op tegelijkertijd de winst van de Bank, die van hemzelf waren, te verhogen.

Voordat hij de boerderij verkocht, was hij een weduwnaar met een alleenstaande dochter als erfgenaam. Sylvia was een blond meisje met een goed postuur, soepel als een palmboom en gracieus van gelaatstrekken.

Haar vader nam haar drie jaar geleden mee naar een school in Hastings, om verschillende redenen die gemak, sentimentaliteit en de trots van het hebben van een dochter die zich in het onderwijs onderscheidde van de andere meisjes in de buurt, mengden.

Hamson had dat misschien niet gedaan, door simpelweg de privé-diensten van de dorpsleraar in te huren, als verschillende vermengde factoren hem niet hadden gedwongen zich meer zorgen om Sylvia te maken dan hij gewoonlijk deed.

Toen de moeder van de jonge vrouw stierf, was ze achttien jaar oud, en hoewel ze naar school was gegaan om bepaalde voorbereidende vakken te leren, waren haar neigingen niet om uit te stallen en in te pakken. Hij was opgegroeid op de ranch tussen cowboys en dat was een eenvoudig leven, zonder complicaties, dat hem bijna absolute vrijheid gaf als hij op een paard reed en verdwaalde in de weilanden of het landschap, ver van alle ouderlijke controle.

Dit bracht Sylvia ertoe om op alarmerende wijze, volgens de criteria van haar vader, de vriendschap te cultiveren met Frank Neil, een aardige, aantrekkelijke, onhandelbare en niet-oordelende jongen, die deel was geworden van het ranchteam, want zo had hij smeekte Hamson, Ted Neil, de vader van de jongen en eigenaar van een van de grote magazijnen in Nirvay.

Op zondag ging Sylvia te paard naar het dorp, liet haar paard achter op het plein en bracht de middag door op het dansfeest, waar Frank gretig op haar wachtte, en zonder zich zorgen te maken over de opmerkingen die zo'n vriendschap zou kunnen uitlokken, monopoliseerden ze elkaar de hele tijd dansen. de middag onophoudelijk, overgegeven aan de gelukkigste gesprekken. Op sommige zaterdagmiddagen wachtte hij ver van de ranch op haar en dan gingen ze allebei, te paard, de vallei in, wandelend en stoppend om te picknicken aan de voet van een beek en in de schaduw van de bomen, en keerden niet terug. totdat de zon in de rij begon te zakken. ravijn van de verre bergen.

Frank zou haar discreet vergezellen naar de omgeving van de ranch, en dan zou hij naar de stad gaan zonder dat deze vriendschap en deze interviews Hamson kenden.

Maar op een dag kwam er iemand naar hem toe met het verhaal en Alfred schreeuwde naar de hemel. Hij dacht dat er tussen hen niets meer was dan een simpele vriendschap, maar hij moest voorkomen dat die relaties meteen meer vlucht zouden nemen. Hij stopte niet om te oordelen dat Frank een betere of slechtere jongen was dan anderen die zijn dochter achtervolgden. Hij hield er alleen rekening mee dat zij zijn dochter was, de dochter van een veeboer, eigenaar van de Banco Ganadero in de stad, en dat Frank slechts een arbeider was op zijn boerderij, al veel toegegeven, de zoon van een kruidenier die een goed winkel, maar niets dat parallel liep met zijn afkomst en rijkdom.

Woedend berispte hij Frank voor zijn durf om zijn dochter het hof te maken en ontsloeg hem van de ranch, en dreigde hem met zware represailles als hij er weer achter zou komen dat hij met haar te maken had; en hij doceerde zijn dochter prachtig voor haar kleine hoofd en waardigheid bij het cultiveren van een vriendschap die haar positie onwaardig was.

Geen van beiden leek veel belang te hechten aan Alfreds woede, en in het geheim zagen ze elkaar een paar keer, maar Hamson, die zijn dochter had laten kijken, ontdekte de nieuwe interviews en besloot ze af te breken. Hij stuurde zijn dochter naar een universiteit in Hastings, waardoor ze begreep dat de dochter van een bankier een zorgvuldige opleiding moest volgen; en daar niet tevreden mee, probeerde hij Frank tot het uiterste te achtervolgen.

Geldig voor zijn standpunt, smeekte hij op een manier die, meer dan ik bid, een bedreiging vormde voor alle veeboeren en boeren in de omgeving om het werk voor Frank niet te vergemakkelijken, en aangezien het hen allemaal goed uitkwam om op goede voet te staan. Omdat ze zijn vriendschap en zijn zaken vaak nodig hadden gehad, durfde niemand hem tot hun landgoederen toe te laten.

Frank had zijn toevlucht kunnen nemen in het pakhuis van zijn vader, die zijn diensten hard nodig had, maar de jongen was niet geboren om een koopman te zijn, en verveelde zich omdat hij geen werk kon vinden en wanhopig omdat Sylvia uit het dorp was verdwenen, een dag reed hij te paard en ook Hij verdween, op weg naar Hastings, in de krankzinnige hoop dat hij Sylvia zou zien, maar de harde regels van de school, versterkt door Hamsons voorspellingen, verijdelden zijn poging.

Nog wanhopiger voor deze mislukking verliet hij de hoofdstad en verloor hij zichzelf aan het Westen, vastbesloten om te vergeten en zijn eigen weg te gaan.

Net vermist, er vond een onduidelijke gebeurtenis plaats op Hamson's ranch. Verscheidene runderen werden vermist en volgens geruchten die de bankier had verspreid, hadden zijn mannen Frank onder de veehouders herkend.

Het gerucht, de bewering van een van de landarbeiders en de invloed van Hamson, gaven tekenen van waarheid aan de zaak, en Frank werd niet alleen ondervraagd, maar ook blootgesteld om te worden gearresteerd en als veehandelaar te worden beoordeeld als hij terugkeerde naar de stad .

Maanden later schreef hij vanuit Nevada naar zijn vader. Ted, die een ernstige woordenwisseling had met Hamson vanwege de beschuldiging tegen zijn zoon, schreef hem een verslag van wat er was gebeurd en smeekte hem om op een bepaald moment niet terug te keren, omdat de invloed van de bankier hem naar de gevangenis zou kunnen leiden.

Frank antwoordde zijn vader heel laconiek. Hij vertelde haar in de brief dat Sylvia er niet was, dat ze geen interesse had om terug te gaan, maar dat als ze op een dag zou besluiten dat te doen, ze Hamson bij zijn nek zou nemen en hem zou draaien totdat hij bekende dat de diefstal van de vee was een aangelegenheid. laster.

Ted schrok. Hij kende zijn zoon goed; Hij smaakte goed, hardwerkend en fatsoenlijk, maar hij smaakte ook impulsief en opgetogen toen hij de controle over zijn zenuwen verloor en hij twijfelde er niet aan dat deze dreiging zou worden uitgevoerd zonder stil te staan bij de gevolgen.

Maar de tijd ging voorbij.

Hamson voelde zich op zijn gemak zonder Sylvia, die hem niet belemmerde, en drie jaar lang beperkte hij zich tot het maken van een paar uitstapjes naar Hastings om een complimenteus bezoek te brengen aan zijn dochter en terug te keren naar zijn bank.

Tot ze op haar laatste reis een verschrikkelijke walging kreeg toen Sylvia haar vertelde dat ze zichzelf behoorlijk opgeleid vond voor een stad als Nirvay en dat ze, als de vakantie kwam, naar de stad zou terugkeren om niet naar school terug te keren.

Hamson moest het daarmee eens zijn. Sylvia was echt een volwaardige vrouw en een financiële combinatie ging in de berekeningen van de bankier, waarin Dennis Powell, zoon van een rijke boer, rekeninghouder bij zijn bank en een man die ideaal voor hem zou kunnen zijn, een belangrijke rol spelen. bepaalde grote bedrijven die hij beraamde.

Hamson was het daarmee eens. Sylvia keerde terug naar het dorp en iedereen vond haar onbekend.

Ze was een beetje gegroeid, was meer gestileerd en mooier, en haar voorkomen had nu een elegantie die de andere meisjes in Nirvay jaloers maakte.

Sylvia was de eerste die verrast was door haar eigen verandering, want toen ze zichzelf weer in haar geboorteplaats zag, zag ze hoe de andere jonge vrouwen zich in de lagere zin van haar onderscheiden en de jongens leken allemaal onbeschaafder, gewoner en minder verdienstelijk voor haar. vriendschap. en ik probeer.

Frank moet uit zijn geheugen zijn gewist, of hij maakte tenminste geen toespeling op hem, en zijn oude kameraadschap en eenvoud vergetend, scheidde hij zich af van gewone partijen, van vulgaire vriendschappen en moest hij zich terugbrengen tot afwisselend in de vergaderingen van de rechter , de burgemeester of de notaris en woon de dans bij die de gemeenteraad vierde ter gelegenheid van het Onafhankelijkheidsfeest,

Toen ze de oude pionnen van haar vader passeerde, als ze ze te paard passeerde, begroette ze ze hooghartig met een lichte buiging van het hoofd en beetje bij beetje werd de hele kring van vriendschappen en genegenheid die ze had toen ze wegging, gewist in haar nieuwe leven.

Hierdoor verveelde hij zich op een klinkende manier. Hun afleidingen waren een bezoek aan de stad, aan de drie of vier woningen van de meest opvallende karakters van de stad, om geweldige paardrijtochten te maken en om een van de verschillende rodeo's bij te wonen die in de vallei werden gehouden.

Hamson observeerde deze verandering bij zijn dochter met genoegen, en ontdekte ook haar uitdrukking van verveling en verveling, en in de veronderstelling dat de omgeving bevorderlijk was voor zijn plannen, gaf hij Dennis strijdlust, nodigde hem verschillende keren uit om te eten en soms voor een visfeest op zondag in Missouri.

Dennis was een knappe jongen, hij kon niet worden ontkend. Hij was lang en goed gebouwd en werkte weinig, omdat zijn vader hem alleen de boerderijboeken had toevertrouwd zonder hem toe te staan er grove en handmatige functies in uit te voeren, en dit betekende dat zijn handen goed werden verzorgd, dat zijn huid er niet uitzag. gebruind door de zon. en de lucht en dat hij zich dagelijks eleganter kon kleden dan de rest van zijn buren.

Hamson liet Sylvia doorschemeren hoe handig een mogelijke verbintenis van hen zou zijn voor zowel het gezin als de jonge vrouw, misschien overtuigd van een dergelijke reden, misschien uit verveling, misschien omdat ze in dat opzicht bijna dode herinneringen waren vergeten, of mogelijk vanwege de onverschilligheid van de familie en gehoorzaamheid, zei het niet. enige belemmering voor een mogelijke verkering. En deze kwam zachtmoedig en koud aan. Op een dag stelde Dennis, die ook door zijn vader werd gepest door hem het goede spel te laten zien dat Sylvia bedoelde, haar ten huwelijk en zij accepteerde als degene die een uitnodiging voor een rodeo accepteert.

De ijdelheid van de jonge Dennis was gevuld met acceptatie. Vanaf dat moment zou hij worden beschouwd als de belangrijkste jonge man in de stad, die de luidruchtige zonen van naburige veeboeren overschaduwde, die, omdat hun ouders een goede zaak hadden, zichzelf beschouwden als bevoorrechte mannen in Nirvay.

Hij dreigde, naast het mooiste meisje, de best opgeleide en de hoogste in de stad te nemen, deze bruiloft te veranderen in de belangrijkste man in de regio, omdat zijn schoonvader vroeg of laat zou zich terugtrekken uit het actieve zakenleven door hem tot directeur van de Bank te benoemen, wat neerkwam op het in handen en voeten leggen van alle industriëlen en kooplieden binnen een straal van honderd mijl in de omtrek.

Hamson bekommerde zich niet om de ijdelheid van zijn toekomstige schoonzoon of zelfs niet om zijn waanvoorstellingen. Zijn projecten waren meer grandioos en omvatten onvermoede grenzen en als Dennis ervan droomde hem in functie te vervangen en die alomvattende autoriteit die hij bezat te grijpen, zou hij vele jaren moeten wachten; zoveel als Hamson had achtergelaten om te leven.

Voor hem was het huwelijk van zijn dochter een beursbeweging. Als ze blij en gelukkig was, des te beter, en zo niet... Ze zou getroost zijn voor haar mislukking. Er waren veel manieren om die kwestie later op te lossen als die zich voordeed, maar toen hij de grote deals had uitgevoerd die hij van plan was en die hem er niet toe zouden brengen misbruik te maken van het burgemeesterskantoor van Nirvay, wat verachtelijk voor hem is, maar ze zouden hem een plaatsvervanger of senator voor de staat maken.

HOOFDSTUK II

TIEN MINUTEN VERTRAGING

Die zaterdag; Tegen zijn gewoonte in, aangezien hij op zaterdagmiddag nooit naar zijn kantoor bij de Bank ging, bracht Hamson de hele dag daar door. Hij had een sobere maaltijd geserveerd gekregen in een herberg in de stad en had zich alleen, zonder enige hulp van een werknemer, overgegeven aan bepaalde manipulaties die van groot belang waren voor het bedrijf.

De stagecoach van Missouri zou rond vier uur arriveren en een uur later, toen hij de post ophaalde en de weinige reizigers die zaterdagmiddag de stad verlieten, zou hij verder naar het noordwesten rijden en waarin hij een omvangrijke zak moest opsturen. dat het had afgehandeld zonder dat iemand tussenbeide kwam in de operatie.

Toen de stagecoach arriveerde en de zak afleverde, had hij alles voorbereid om Nirvay te verlaten en hoewel zijn dochter hem had gevraagd hem mee te nemen, weigerde hij botweg en beweerde dat hij in het geheim een zaak van groot commercieel belang zou gaan behandelen en dat de persoon met wie hij te maken had, wilde niet dat bekend werd dat ze in onderhandeling waren, voor het geval iemand de reden vermoedde en hen voor was.

"Het is iets groots, Sylvia," verzekerde hij, "iets dat mijn positie en de jouwe zal vervolledigen. De dag dat de mensen van de vallei en zelfs daarbuiten het weten, zullen ze niet alleen verbaasd zijn, maar sommigen gaan om hun haren uit te trekken als ze zien dat ik, bescheidener dan zij, een enorme zaak van hen heb afgepakt.

En zonder er nog meer aan toe te willen voegen, raadde hij zijn dochter ten zeerste aan om een goede zondag met Dennis door te brengen en naar de bank te gaan waar ze tot iets voor vier uur bleef.

Op dat uur had hij een volumineuze zak van dik leer besteld die nogal wat woog. Het was vastgebonden met een sterke draad, de uiteinden waren gevangen met een lood dat was verpletterd als een zegel, en toen diende een enorm lakzegel met de in elkaar grijpende initialen als een dubbele garantie dat het niet ongestraft kon worden geopend.

Hij liet het achter in zijn afgesloten kantoor, stak het plein over en ging naar het Casa de Postas, dat op zijn beurt een postkantoor was.

Het opperhoofd groette hem slaafs en Hamson wenkte hem en fluisterde in zijn oor:

'Ik moet u spreken, meneer Caster.

De laatste bood hem zijn kantoor aan en nu, zij tweeën alleen, vroeg de bankier:

'Is de voorman van de stagecoach die over een paar minuten arriveert betrouwbaar?

'Heel erg, meneer Hamson. Het gaat over de oude Jasper. Hij doet de tour al zeven jaar en er is nooit de minste klacht over hem geweest. Ken je hem niet?

"Op het oog, maar ik heb geen rapporten, en ik ben blij met de rapporten die u levert. Dus, denk je dat je met iets te vertrouwen bent?

"Zonder enige vorm van angst.

"Nou. Ik moet een riskante zending doen en er is geen andere oplossing dan hem te vertrouwen. Een leren zak met vijftigduizend dollar moet hier vandaag uitkomen. Het is een overschrijving die ik moet doen naar de Marsland Livestock Bank, onverwijld. Said Bank heeft dat bedrag op mijn bevel aan enkele veeboeren daar betaald, vertrouwend op mijn solvabiliteit en ik heb plechtig beloofd dat het geld hier in de stagecoach van vandaag uit zou komen. Als dit niet het geval was, zou mijn krediet in gevaar komen en jij zult de leiding hebben over wat dit betekent voor een bankbedrijf dat zo belangrijk is voor mij.

"Natuurlijk heb ik de leiding", zei de baas, "maar ik denk dat er geen bezwaar is tegen zijn vertrek. Ik zal met Jasper praten en hem het belang van de inhoud laten weten, zonder hem een cijfer te geven van Het is niet voor niets, maar aanbevelen dat de inhoud waardevol is, is voldoende.

"Goed. Ik moet mezelf aan hem toevertrouwen, maar ik wil niet dat dit overstijgt. De plaats is niet gevaarlijk, er zijn hier weinig gevallen van overvallen geweest, maar de rij is lang, er zijn gunstige plaatsen en ik Ik denk dat er op het podium een geschikte plek zal zijn om de zak in het zicht te verbergen.

"Ja. Jaspers stoel is hol. Het deksel wordt opgetild en van binnen, eronder, zal het worden verborgen.

'Prachtig... Nu... de kwestie van reizigers. Gaan velen het podium op?

"Niet vandaag. Zoals je weet, is het op zaterdag en zondag erg levendig en komen mensen in plaats van hier weg te gaan. Ik heb maar drie kaartjes verzonden. Een oudere vrouw zal vertrekken, die naar Rita Park gaat om een nicht te ontmoeten die getrouwd, de dochter van een boer uit de vallei, die zal uitstappen voordat ze de eerste stad bij de boerderij bereikt, waar ze werkt, en een jonge vrouw die naar Seneca gaat.Dat is alles.

"Jammer dat er niet ook een cowboy op reis is. Een man met een revolver aan zijn riem is een garantie als er iets gebeurt op de weg.

'Wat gaat er gebeuren, meneer Hamson? "Ik weet het niet, maar je zult begrijpen dat wanneer je zo'n bedrag willekeurig moet vertrouwen, je pas op je gemak bent als je het op je bestemming weet. Beseft u wat zo'n klap voor mij en al mijn cliënten zou betekenen? Het doet mijn haar overeind staan als ik eraan denk.

"Ik begrijp het.

'Als er tenminste een spoorlijn naar Marsland was, zou ik me meer op mijn gemak voelen. Een trein wordt niet zo gemakkelijk beroofd en de postwagon is veiliger. Het wordt verzorgd door gewapende mannen die weten hoe ze het moeten verdedigen door te schieten; maar een stagecoach is veel erger ... Aan de andere kant heb ik niet eens de troost dat ik persoonlijk de tas kan bewaken. Niet dat ik een held creëer.

"Ik heb al lang niet meer gesport met een veulen in mijn hand, en mijn jaren hebben mijn hartslag verpest. De pen heeft de wapens verslagen, maar ik beschouw mezelf nog steeds met arrestaties om te verdedigen wat mij is toevertrouwd tot ik sterf met een revolver in mijn hand.

«Ik zou het gedaan hebben als de zending niet zo dringend was, maar er zijn acht dagen reizen tussen de heen- en terugreis, acht dagen dat ik de bank niet kan verlaten en aan de andere kant, zodra ik de tas aflever, moet ik ga een belangrijk interview met een bepaald personage vieren.

«Iets groots, meneer Caster! Iets dat wanneer het resultaat bekend is, de hele vallei zal trillen van opwinding en vreugde! Zo ben ik, mijn vriend, ik werk voor mezelf en voor de plaats en op een dag zullen mijn buren precies beseffen hoeveel offers ik breng voor de stad en voor de hele vallei. Ik ben niet egoïstisch, ik besef de vele behoeften van de regio en ik wil een vader voor iedereen zijn. Als ze het vroeg of laat willen erkennen, prima, en zo niet... zal ik gekwetst met pensioen gaan, maar met de voldoening dat ik een burgerplicht heb vervuld.

"Oh zeker!" antwoordde de chef. Je hebt veel voor iedereen gedaan. De oprichting van de Bank was een succes. U hoeft geen geld thuis te houden met exposure, of het met exposure naar buiten te sturen. Aan de andere kant help je mensen in nood, je leent ze geld voor vee, wol, gewassen, land ... natuurlijk met je belangen, maar hoe zit het met de gunst die je ze ermee bewijst?

'Dat is wat ik wil dat je herkent. Natuurlijk reken ik rente, en sommige hoge, en dat ik stevige garanties eis, en soms ben ik gedwongen om inbeslagnames uit te voeren, maar mijn vriend, ik doe het met veel pijn in mijn hart, omdat dat geld niet van mij is, het is van jou, degenen die het op mijn bank hebben gestort met mijn garantie van een eerlijk man. Zo niet, hoe kan ik het dan garanderen en een bescheiden rente op de aanbetaling geven? Dit is duidelijk, zelfs als de getroffenen het niet begrijpen.

Plotseling sneed hij zijn verhaal af en keek op zijn horloge, en begon een beweging van ongeduld:

"Duivel!" Hij mompelde. Kwart over vier en de stagecoach komt niet aan! Dit is weer een tegenvaller. Het komt altijd vrij van tevoren aan en vandaag dat ik de minuten heb beoordeeld, is het vertraagd. Is pech!

'Het kan niet lang meer duren, meneer Hamson. Het is slechts een kwartier vertraging ... Elke panne ...

'Maar het is jammer, vriend Caster, ik moet hier onmiddellijk weg...

Hij verliet het kantoor en ging het plein op. Rechts was het stoffige pad van de weg vrij van alle voertuigen.

Hamson ijsbeerde door de deur van het postkantoor met zijn handen op zijn rug, schrijdend en starend naar de weg, totdat er eindelijk een stofwolk in de verte opsteeg.

'Dat moet het zijn,' mompelde hij. Hij is veertig minuten te laat.

Eindelijk, te midden van het stof dat de zware koets vertroebelde en het gerinkel van bellen dat Argentinië deed trillen, verscheen het voertuig. De stoffige en bezwete paarden liepen naar het postkantoor en stopten ervoor zonder dat iemand hen daartoe hoefde te dwingen.

De burgemeester, een vijfenvijftigjarige man met weerbarstig grijs haar, die onder de rand van zijn hoed ontsnapte, sprong zwaar naar beneden en opende de deur voor de zeven reizigers die hij droeg om uit het rijtuig te komen. Daar betaalden ze een reis en degenen die doorgingen moesten de stad in.

Hamson kwam naar hem toe en zei met zachte stem:

"Luister, Jasper. De baas zal je een bestelling van mij toevertrouwen om te worden afgeleverd bij de Bank of Marsland. Het is iets belangrijks dat je trouw moet bewaren en verborgen moet houden, zodat niemand weet dat je met je reist. Hier, om er meer interesse in te tonen.

En gaf hem een munt van vijf dollar.

Toen nam hij afscheid van het hoofd van het kantoor en ging naar de bank om de tas op te halen die hij aan Jasper overhandigde.

De stagecoach moest een uur worden vastgehouden in de stad. Ze moesten het schot verwisselen voor een andere frisdrank, de post verzorgen en de tassen afleveren van degene die naar het binnenland was vertrokken, en de burgemeester moest zijn kracht herwinnen door te lunchen, wat hij niet had kunnen doen op de weg.

Om half vijf werd het bevel gegeven om te vertrekken. De drie reizigers die in de kamer van het Casa de Postas stonden te wachten, stapten in het voertuig en de burgemeester verborg de zware leren zak in zijn stoel, greep de teugels vast en liet de zweep los.

De vier pittige paarden trokken krachtig weg en, te midden van nieuwe stofwolken, verlieten ze het plein om het pad uit te lijnen dat zich tussen de spoorlijn en de rivier slingerde.

Jasper was van plan om rond acht uur 's avonds Seneca te bereiken. De weg, als gevolg van ongelukken die de rechte lijn doorsneed, kon worden berekend op elf mijl, maar hij had vier krachtige bergen die ze in twee en een half uur bedekten.

De stagecoach rolde snel door een droog en onontgonnen terrein, dat meer op zand dan op aarde leek en in sommige delen dwongen de kuilen het voertuig zo alarmerend te kantelen dat de reizigers gilden van angst toen ze bedachten dat een van hen zou kunnen omslaan .

Jasper, met de dode pijp tussen zijn tanden en de teugels stevig vastgehouden in zijn eeltige linkerhand, leidde het vurige schot met groot vertrouwen en herkauwde tussen de tanden:

"Vijf dollar! Ik heb die bankierspad nog nooit zo onbeleefd gezien dat hij geen goedemorgen zegt als hij geen rente in rekening brengt voor het geven ervan. Wat stuur je hier in deze zak die je zoveel zorgen maakt? Ik durf te wedden dat mijn positie in de stagecoach dat het geld in kwantiteit is. Als ik geen eerlijk man was zoals ik ben, verdiende hij dat ik in plaats van hem naar Marsland af te leveren, de reis naar Cross moest voortzetten, in totaal nog vijftig mijl reizen en verdwalen in de bergen van Black Hills, in Dakota.

'Ik weet niet wat er in de tas zal zitten, maar ik weet zeker dat ik in de paar jaar dat ik nog te leven heb, meer te verdienen heb door boodschappen te doen. Het zou een klap zijn voor die oude vrek die het uit zijn zak zou moeten betalen. Gelukkig voor hem dat ik Jasper ben en dat vijfenvijftig jaar eervol leven niet voor een handvol dollars in de rivier wordt gegooid, ook al is het veel.

Plotseling trok hij de teugels naar zijn borst om het momentum van de vurige paarden in bedwang te houden. Ze hadden vijf kilometer achter zich gelaten en nu moest hij een ruig en bochtig pad oversteken, vol kuilen en hobbels, dat dwars door kreupelhout, open plekken en enkele conglomeraten van verwrongen en oude bomen sneed.

Hij liep het pad af, duizelig tuimelend en begon door de kronkels en bochten van het smalle pad te draaien, totdat hij een bocht bereikte die bij de uitgang met geweld naar beneden afdaalde, een halve mijl later kwam hij weer uit op de vlakte.

Hij kwam de hoek om toen een ontploffing droog trilde boven het scherpe getinkel van de bellen. Jasper legde zijn handen op zijn borst, wierp half een vreselijke eed af en probeerde het geweer te grijpen dat hij aan de rechterkant van de stoel had geleund, maar zonder de kracht om dat te doen, leunde hij naar voren en viel op de achterwerk schoot dat, bang, probeerde de galop voort te zetten, aangevallen door paniek.

Maar twee nieuwe ontploffingen, vermengd met het hysterische geschreeuw van de reizigers, trilden weer.

Een van de paarden, geraakt in de nek, hinnikte angstig, deed zijn handen omhoog om het voertuig half op te tillen, en zijn metgezel, geraakt in de rechter voorste riem, haperde terwijl hij probeerde vooruit te komen en viel op de grond terwijl hij de gewonde man meesleurde.

Ze schopten en hinnikten allebei in een verwarde hoop, terwijl de twee leidende paarden zonder succes het pad probeerden te volgen. Niet alleen het gewicht van de stagecoach, maar ook het eigen gewicht van hun twee metgezellen op de grond, blokkeerde hen en maakte hun inspanningen steriel.

De stagecoach was gestrand, bijna leunend op een kleine helling die het pad vormde; en plotseling, met een elastische sprong, viel een gestalte van de top van een van de bomen bij de koets en kwam met twee enorme revolvers naar het toneel.

De drie bange reizigers vielen achterover op hun stoelen met grote ogen van angst en handen gevouwen in een gekwelde smeekbede, terwijl de overvaller dreigend met zijn wapens naderbij kwam.

De middag stierf in een zoete, blauwachtige duisternis en in het besluiteloze licht dat de bange reizigers konden herkennen aan hun aanvaller, was dat hij een nogal massieve man was, gekleed in een donker leren jack, een blauwe broek in hoge rijlaarzen. Om zijn nek droeg hij een rode sjaal geknoopt. Op het gezicht een andere die hem vanaf de neus naar beneden bedekte, en op de ogen, de gevallen vleugels van een oude hoed die het niet mogelijk maakte om een bepaald detail van hem te herkennen.

Bovendien leken zijn handen, die krachtig moeten zijn geweest, gehuld in oude spijkerhandschoenen, die de helft van zijn onderarm bedekten.

De overvaller naderde het halfliggende voertuig en deed de deur open en beval met schorre stem:

"Ga naar beneden! Vrees niet voor je leven.

De drie vrouwen stapten bevend uit het rijtuig en de overvaller opende haastig hun bagage en doorzocht ze zonder er iets van waarde in te vinden.

Knorrend draaide hij zich om en klom in de kist. Woeste Jasper, was door de paarden zes meter naar achteren gegooid, waar hij gehurkt bleef in een plas bloed, en de outlaw, klom naar de top waar alleen de postzakken gingen.

Hij scheurde de effectendoos open, haalde er een paar pakjes brieven uit die hij in zijn ruime zakken bewaarde, en begon toen over de stoel te rommelen, tot hij het deksel optilde toen hij het deksel optilde.

Hij stak zijn arm in de leren zak die hij ophief, woog hem, en toen hij geen waardevolle spullen meer vond, daalde hij terug naar de grond.

Hij richtte zich tot de vrouwen die bestelden:

"Kom op!

Ze gehoorzaamden, en toen ze binnen waren, stak de bandiet over naar een deuk in de dijk en daar kwam een mooi zwart paard tevoorschijn, aan wiens zadel een grote reiszak hing.

Hij stak de leren zak erin, besteeg zijn paard en wierp zich onstuimig over het glooiende pad totdat hij een pad naar beneden sijpelde dat van de dijk afkwam en voor de grote ogen van de reizigers verdween.

Over de brede vlakte tussen de rivier en de spoorlijn die naar Nirvay leidde, reed een ruiter in het goud van de ondergaande zon, rechtop in zijn zadel, zijn ogen op de vlakte gericht.

Hij was een jonge man van goed postuur, soepel in de heupen, breed in de borst en gebruind in het gezicht, die de inspanning van een lange wandeling in zijn kleren voelde, te oordelen naar het stof dat hij erin had opgeslagen.

De reiziger was ongeveer drieëntwintig jaar oud, snel in zijn ogen, sympathiek van trekken, stoer van aard en blijkbaar een man die gewend was uren en uren op de stoel door te brengen zonder vermoeidheid te tonen.

Hij droeg de typische cowboyoutfit en op het zadel wiegde een magnifieke Winchester, terwijl hij in de taille een indrukwekkend veulen van 45 droeg.

Ongeduldig om snel naar de stad te gaan, streelde hij zachtjes de flanken van zijn paard en mompelde:

Kom op, Nevada, schiet een beetje op. Uiterlijk anderhalf uur heeft u de gelegenheid om van uw welverdiende rust te genieten. Nirvay is niet ver meer en daar wacht je een goede schuur en goed voer om bij te komen van deze lange reis.

Het paard leek hem te begrijpen omdat hij zijn draf versnelde, en kort daarna slaagde de ruiter erin de kenmerken van het terrein te onderscheiden dat het pad vormde dat naar het dorp leidde.

Opeens verstijfde hij. Het had hem geleken, het geroezemoes van enkele ontploffingen ver weg op te vangen en ongemakkelijk overal heen te kijken, zonder iets abnormaals te ontdekken, maar die gewaarwording was er zeker van dat het geen waanvoorstelling van zijn zintuigen was geweest, maar een tastbare realiteit.

Hij was te gewend om het gebulder van wapens op te pikken om in de war te raken en niet te specificeren wanneer een revolver echt donderde, of een soortgelijk geluid in die zin verwarring kon veroorzaken.

Rusteloos mompelde hij:

" Ray! Iemand heeft niet ver van hier geschoten. Ik zou zweren dat het op de open plek was. Ik moet het zeker weten.

En hij spande de draf van het paard nog meer aan, snel op weg naar het dennenpad.

Toen hij eindelijk het gemiddelde hiervan had bereikt, legde hij een eed af en flitsten zijn ogen van woede. Hij had net de koets ontdekt die half tegen de helling leunde, de paarden in een plas bloed gevallen, terwijl degenen die ongedeerd aan de aanval waren ontsnapt, nerveus schopten en hinnikten met hun benen gevangen tussen het harnas, en net daarachter, gebogen over de harde aarde , drie bange vrouwen, die met tragische gebaren kreunen naast een bundel die bewegingloos op de grond lag.

De jonge man wierp het paard bijna bovenop hen, dwong hen om in doodsangst te rennen, altijd schreeuwend als achtervolgde ratten en zich realiserend dat de bundel een menselijk lichaam was, brulde hij:

"Wees stil, duizend stralen, wees niet bang dat ik geen bandiet ben! Wat is hier in godsnaam gebeurd?

De meest complete van de drie, de boerendochter, die een kilometer later moest afstappen, kwam stamelend naar voren:

“Oh galop, meneer, hij is daar net verdwenen, misschien haal ik hem nog in!

"WHO?" Vroeg de reiziger verbaasd.

"De dief. Nog geen tien minuten geleden verdween hij langs dat spoor. Berijd een zwart paard. Hij vermoordde de burgemeester, doorzocht onze bagage en de stagecoach en nam een zak die hij daar vandaan nam ... van de stoel ... Galop voor alle heiligen, en je kunt hem inhalen!

De reiziger brulde zonder op verdere smeekbeden te wachten:

"Wacht! Ik zal terugkeren om het te zoeken.

En terwijl hij zijn sporen op de flanken van het paard drukte, spoorde hij hem aan:

Kom op, Nevada, laat het niet gezegd worden dat je een vierbenige zwarte duivel zoals jij niet kunt inhalen, die slechts tien minuten voor je is.

Het paard, alsof het gewond was geraakt in de meest gevoelige vezel van zijn trots, begon als een uitademing en, in een paar minuten, een vijandig terrein overwinnend dat niet bevorderlijk was voor het ontwikkelen van zijn dappere snelheid, stak het de oevers over en ging naar de vlakte met uitzicht op de richting van de rivier. ongeveer vier mijl afstand.

"Nevada", in een rechte lijn, alsof het een belangrijke race was, verslond een paar mijl in een fantastische galop. Achter hem veegde een stofwolk zijn stap uit, terwijl de ruiter, met opeengeklemde tanden, zijn energieke kin een beetje uitpuilend en zijn ogen op de vlakte gefixeerd, boos de loop van zijn geweer greep, wensend een bewegend punt te ontdekken waarop schieten.

Toen hij de rivier naderde, kon hij het voelen in de vochtige, met vuil beladen lucht die zijn gezicht raakte tijdens de waanzinnige vlucht, en hij was bang dat als hij de bandiet niet zou inhalen voordat hij de Missouri overstak, het onmogelijk zou zijn om hem te lokaliseren, ten eerste vanwege de duisternis die steeds meer geaccentueerd werd, en ten tweede omdat de andere oever, bedekt met struikgewas en bomen, zich leende om de vervolgden te verbergen.

Een halve mijl later ontdekten zijn scherpe ogen eindelijk de voortvluchtige. Het galoppeerde bijna net zo snel als hij en met een inspanning van anderhalve mijl zou het de rivier bereiken en hem te slim af laten.

De jonge man vroeg zijn paard om maximale inspanning en, het geweer bij de kolf vattend, bereidde hij zich voor om te schieten zodra hij de outlaw binnen bereik had.

De laatste moet de achtervolging hebben opgemerkt, want het leek de snelheid van zijn draf te verhogen en tussen hen ontstond een strijd die alleen kon worden beslist door het lichtste en meest resistente paard van de twee.

Maar de limiet van de race was erg kort. De rivier was een geweldige hulp voor de voortvluchtige en een verschrikkelijke vijand voor de achtervolger. Ze moeten het allebei geweten hebben, want ze hadden allebei moeite om de gekke korte race te winnen.

Maar "Nevada" leek lichter, omdat zijn berijder brulde van vreugde toen hij het afstand zag nemen. Het duurde niet lang of ze zou hem binnen het bereik van haar geweer hebben en op hem schieten met haar nauwkeurige doel.

En uiteindelijk ontslagen. De rook van het schot verborg de ruiter even en toen hij hem weer ontdekte, merkte hij dat hij had gemist. De mobiliteit van beiden was groot en de afstand, evenals de somberheid, te veel.

Maar hij kreeg het antwoord. Een kogel suisde langs hem heen en waarschuwde dat zijn vijand ook wist hoe hij met een wapen moest omgaan.

Dit wakkerde de woede van de reiziger aan. Hij was niet bang voor boze mensen; integendeel, het groeide toen het te maken kreeg met grote vijanden.

De rivier was al in zicht. Het licht bewolkte lint van de Missouri glansde als een brede stalen plaat in het vervagende licht van de middag, en de jongeman schoot opnieuw zonder succes.

Het paard van de voortvluchtige sprong in het water en bracht een wervelwind van zwart schuim omhoog terwijl het viel en zwom gretig naar de andere oever, terwijl de jonge man, zijn rijdier pord, het naar de rivier wierp om achter hem over te steken.

Maar in het momentum en toen hij bijna op de kust was, stapte "Nevada" verkeerd op een verborgen gat en boog zijn handen, spijkerde zijn neus aan de grond en gooide zijn ruiter bij de oren. Het rolde als een bal en stond woedend op en probeerde weer op de been te komen om zijn prooi niet te laten ontsnappen, toen het bijna binnen bereik was.

Maar met diepe wanhoop zag hij dat zijn rijdier zijn poot had verwond toen het viel. Het bloed droop van haar af en hij durfde haar niet op de grond te zetten, misschien omdat de pijn hem belette.

Woedend liet hij zijn paard in de steek en rende naar de rivieroever. De bandiet was er overheen en zijn paard drong aan om naar de overkant te gaan.

Hij hief de revolver en schoot. Het was de laatste kans die ze had om hem te stoppen.

Deze keer was het projectiel nauwkeuriger en stond het op het punt de ontsnapping van de outlaw voor altijd te stoppen; maar door een vreemde beweging die het paard maakte om zijn voorbenen op de oever vast te zetten, bleef het projectiel bij het buigen van zijn handen in het zadel steken, onder de rug van de voortvluchtige.

Door een zeldzaam toeval, toen de kogel insloeg, moet hij de riem van de reistas hebben doorgesneden die aan het leer hing, want de jonge man zag perfect hoe de tas leegliep en zichzelf in het water begroef, naast de kust, terwijl hij een brede whirlpool aan de rand. wastafel. Toen hij opnieuw vuurde, had het paard terrein gewonnen en was het verdwaald tussen de bomen, terwijl het zijn toevlucht zocht in hen en in de verhoogde oever die hem beschermde.

De jonge reiziger gaf de achtervolging hopeloos op. Toen zijn paard hem in de steek liet, had hij er alle mogelijkheden voor verloren en toen de achtervolging serieus werd georganiseerd, zou God weten waar de rover zich al zou verstoppen.

Bezorgd keerde hij terug naar zijn paard. Het dier hinnikte van de pijn en de jongeman onderzocht angstig zijn gewonde poot, maar ontdekte al snel dat er geen botbreuk was. Hij had een pijnlijke schaafwond opgelopen waardoor hij moest bloeden en misschien een klap die hem ernstige pijn bezorgde, maar met een goede rust en wat arnicabehandelingen zou hij weer als nieuw zijn.

En hem bij de teugel nemen, niet durven te klimmen om zijn situatie niet te verergeren, keerde hij terug naar de plaats van de tragedie, geduldig het pad bewandelend dat hem scheidde van de stagecoach.

HOOFDSTUK III

EEN KLEINE ONTMOETING

Toen hij het pad weer bereikte, was de nacht volledig gesloten en de drie bange reizigers, in paniek, niet alleen vanwege de schok die ze hadden gekregen, maar omdat ze alleen in het donker naast het lijk van de burgemeester waren, verlangden ze naar zijn terugkeer.

Toen ze de jonge man zagen verschijnen met het paard aan het hoofdstel en bloedend, nam hun angst toe en een stamelende vraag:

'Ben jij... ook... gewond?

"Nee, gelukkig niet, maar mijn paard wel. Hij had de pech om te struikelen toen die bandiet binnen bereik was en dit weerhield mij ervan hem te bereiken. Hij stak de Missouri over en verdween tussen de ongelukken aan de andere oever... Jammer!

Reageren, voegde hij eraan toe:

"Nou. Je kunt hier niet blijven. Ik kan niet naar het dorp gaan om hulp te vragen, omdat mijn paard me niet in het zadel kon houden, dus ik ga kijken hoe ik de twee paarden die nuttig waren om te gebruiken en Ik zal de stagecoach naar Nirvay begeleiden, dat is de enige manier.

Een van de reizigers zinspeelde op een observatie.

'Je lijkt deze kant van de regio te kennen.

'Een beetje', antwoordde de jonge man glimlachend in het donker. Het zou een verrassing kunnen zijn om mij daar te zien komen en deze hulk te leiden.

Hij haalde een mes tevoorschijn en sneed het harnas door op het achterste schot, waardoor de twee bruikbare paarden werden bevrijd. Toen zette hij de koets weer overeind, haakte ze vast in de positie van de twee gevallenen en liet het rijtuig klaar om te rollen. Alles gereed, dwong hij de reizigers in het rijtuig te stappen. Hij kon zich er niet toe verbinden door te gaan naar Seneca, zeventien mijl verderop, maar hij kon teruggaan en ze terugbrengen naar Nirvay, totdat ze daar de dienst reorganiseerden en een nieuwe chauffeur zochten.

Wat betreft het lijk van de ongelukkige menner, hij hees het over de top, ten koste van grote inspanningen, om de verontruste vrouwen te behoeden voor het reizen in het gezelschap van de dode man en het vastbinden van zijn paard aan de achterkant van de koets, nam de teugels in handen en hervatte de dorpsweg in een gematigd tempo, om zijn eigen paard niet te beschadigen.

Het was na negen uur 's avonds toen hij de lichten van de stad zag en een intense emotie maakte zich van hem meester toen hij ze zag. Hij had lang gedroomd van zijn aankomst op Nirvay, maar hij had nooit gedroomd dat zijn intrede in Nirvay zo dramatisch en spectaculair zou zijn.

Het onverwachte gerinkel van de klokken, gehoord vanaf het plein terwijl ze over het stoffige pad voortbewogen, veroorzaakte een diepe sensatie. Er werd die nacht geen stagecoach verwacht en van het hoofd van de Casa de Postas tot de laatste buurman die het plein passeerde, renden ze uit nieuwsgierigheid naar de weg.

Tot iemand, die het rijtuig herkende, ontsteld riep:

'Het is de stagecoach van Jasper die terugkomt... en hij bestuurt hem niet!

Een overvolle kern van toeschouwers wierp zich op het rijtuig toen het stopte voor het vervangende station en Caster, het hoofd van de dienst, kwam naar voren vol diepe bezorgdheid om te informeren naar de oorzaak van deze ongebruikelijke terugkeer.

Het licht van de twee lampen die boven de kantoordeur hingen, weerkaatste op het donkere gezicht van de jonge man die het voertuig bestuurde, en Caster, zijn ogen wijd opengesperd, riep uit:

"Frank Nel!

De laatste daalde met een elegante sprong op de grond en, op hem aflopen, riep hij uit:

'Inderdaad, meneer Caster, ik ben Frank. Ik zie dat ik, ondanks mijn lange afwezigheid, nog steeds bekend ben in deze stad.

Na het eerste ogenblik van verbazing bedwong de chef enigszins de uitbundigheid die hij in de uitroep had gestopt en antwoordde koeltjes:

"Inderdaad, je bent nog steeds bekend en mensen zijn je niet vergeten. Wat ik niet begrijp is hoe je terugkeert op die stagecoach waarin je niets had verloren.

"Dat klopt, ik had er niets in verloren, want ik kwam te paard, daar zie je de mijne half kreupel van achteren, maar als een man op een weg een overvallen podium tegenkomt, met twee dode paarden, ook de burgemeester dood en drie ongelukkige paniekerige vrouwen, het minste wat je hoeft te doen is ze helpen. Ik heb het voor hen gedaan, meneer Caster, en niet voor de Missouri Company.

Caster, die van kleur was veranderd toen hij hem hoorde, brulde:

Wat zeg je, Freek? Dat het podium is beroofd en dat Jasper...?

'Daar heb je de reizigers die je zoveel details kunnen geven als je wilt, en wat betreft Jasper, zijn lijk kan worden opgehaald vanaf de top waar ik het heb neergezet.

Toen, wijzend naar boven, voegde hij eraan toe:

"Je vindt er ook een gescheurde tas. De overvaller lijkt een grondige zoektocht te hebben uitgevoerd.

Caster, bleek bleek, sprong naar de doos en tilde met een trillende hand de stoelbekleding op, waardoor het lege interieur zichtbaar werd. Verbijsterd daalde hij af, stamelend:

"God van God! Ze hebben de leren tas meegenomen!

"Wat krijgt hij?" Vroeg Frank, geïntrigeerd.

'Eentje die meneer Hamson naar Marsland heeft gestuurd. Ik weet niet precies hoeveel geld er in zat, maar ik schat dat het minstens vijftigduizend dollar was!

De nieuwsgierigen hieven ontzet hun handen op hun hoofd. Dit was een te ernstige zaak om niet te worden verplaatst. Er waren maar heel weinig criminele daden die in de stad waren gepleegd, maar deze was vele klappen waard die in een lange tijd konden worden uitgedeeld.

Sinds een andere keer, toen er ook een mysterieuze overval op de Bank was, waaruit twintigduizend dollar aan rekeningen voor de betaling van de spoorwegarbeiders verdwenen, hadden soortgelijke gebeurtenissen zich niet meer voorgedaan en maakten de mensen zich angstig los van de stagecoach die zich vormde. kringen waar de gebeurtenis werd besproken en die zich spoedig daarna door de stad uitbreidde om het nieuws naar alle hoeken van de stad te verspreiden.

Frank hield zich bezig met het helpen van de reizigers om af te dalen, vergezelde hen naar de wachtkamer van het postkantoor, waar hij moest wachten op de oplossing van Caster, en hij, ongedaan gemaakt, razend, zonder enige actie te kunnen ondernemen, cirkelde rond het voertuig. , streelde zijn haar en praatte tegen zichzelf.

Frank hield hem tegen en riep:

'Wat doe je daar in godsnaam? Waarom zorg je niet voor die drie arme vrouwen en het lijk van de burgemeester? Ben je gek?

Caster probeerde zichzelf te bedaren en mompelde:

'Ja, ja... het is waar... ik moet... maar... verdomme!... Beseft u de ernst van de zaak? Vijftigduizend dollar van Banco Ganadero...

"Wat maakt het mij in godsnaam uit? Wat is dat bedrag voor de gemene en egoïstische meneer Hamson, die er zijn hele leven in is geslaagd mensen uit te buiten? Laat hem ze betalen en barsten! Ik wou dat ze hem bij de bank hadden beroofd en zelfs zijn shirt aan hadden!

'Nou, je praat zo omdat... nou, dit is niet het moment om ruzie te maken. Help me als je het lijk wilt laten zakken. Dan moet er rekening worden gehouden met de sheriff. Ik hoop dat u hier zult zijn om te getuigen.

'Ik zal het zijn of ik zal het niet zijn, maar de sheriff zal me weten te vinden. Ik ben al meer dan drie jaar afwezig in het dorp en ik ben niet gekomen om de belangen van die Hamsons pad te redden, of om voor hem te zorgen, maar om mijn vader te zien. Ik denk dat het vóór iemand anders is en ik heb genoeg gedaan met het achtervolgen van de outlaw die ik op het punt stond te raken, als mijn paard niet was gestruikeld en gevallen, met pijn aan zijn been. Als mijn paard kreupel wordt, zal Hamson niet komen om het verlies goed te maken.

'Nou, laten we het daar maar niet over hebben, Frank. Je bent altijd zo onstuimig. Nu is het een kwestie van gerechtigheid helpen zonder te kijken in het voordeel van wie het wordt gedaan.

Caster begon te schreeuwen om twee stalknechten in de extra paardenschuren, en tussen hen en Frank liet hij het lijk van de voorman zakken.

Verplaatst naar de kamer te midden van de afschuw van de reizigers, was het toen, in het heldere licht van de lampen, Frank kon begrijpen hoe de chauffeur gewond was geraakt. De kogel was door zijn nek gegaan en de jonge man, die het lichaam onderzocht, zei:

'Ik begrijp er niet veel van, maar gezien de vorm van de wond zou ik zweren dat er terloops werd gejaagd, vanaf een hoge plaats. De bandiet moet in een hinderlaag hebben gelegen op de hellingen of misschien tussen de takken van een boom. Dat zal de dokter u met meer zekerheid vertellen.

Caster bedekte het lichaam met een deken en beval een van de medewerkers op zoek te gaan naar de sheriff, wat niet langer nodig was, want toen bekend werd wat er was gebeurd, had iemand zich gehaast om de eerste autoriteit te informeren, en zij was al op weg naar de Casa de Postas om in te grijpen in het evenement.

Frank, zijn missie volbracht, stond op het punt het kantoor te verlaten om naar huis te gaan, toen de aanwezigheid van de sheriff hem afsneed.

De huidige korpschef was niet dezelfde die de ster droeg toen hij de stad verliet, maar hij was ook een bekende van hem. Het was Edward Lang, die een zadelmakerij in het dorp bezat.

Toen Edward met Frank werd geconfronteerd, waarschuwde hij:

'Wacht even, Frank, het lijkt erop dat je op het punt staat te vertrekken.

'Dat klopt, meneer Lang. Ik ben hier drie jaar weggeweest en ben alleen gekomen om mijn vader te knuffelen. Ik vind dat ik er recht op heb.

'Inderdaad, Frank, en niemand betwist het met je, maar ik hoop dat je gezond verstand je bezoek een beetje zal vertragen. Er is iets ernstigs gebeurd waarbij u op spectaculaire wijze heeft ingegrepen en ik hoop dat u niet wilt weigeren uw hulp aan justitie te geven.

"Natuurlijk niet. Ik heb al gezegd dat ik mijn vader ging omhelzen en toen hadden ze mij tot hun beschikking.

'Nou, stel het bezoek een beetje uit. Als dat je gelukkig maakt, zal ik je vertellen dat je vader in perfecte gezondheid verkeert en dat zijn bedrijf steeds beter wordt. Hiermee denk ik dat je jezelf kunt neerleggen bij een paar minuten wachten.

Frank gehoorzaamde met tegenzin en haalde zijn pijp tevoorschijn, hij blokkeerde hem terwijl de sheriff hem lastig viel met vragen.

Beknopt, antwoordde hij:

'Kijk, Lang, vraag maar aan die dames, zij zijn degenen die je het beste kunnen informeren. Ik arriveerde toen de overvaller al op de vlucht was richting de rivier.

De sheriff volgde het advies op en ondervroeg de reizigers. Ze legden hem uit hoe de stagecoach was beroofd en alle manoeuvres die de bandiet had uitgevoerd.

Aangezien Caster slechts woorden had om de diefstal van Hamsons leren jas te betreuren, vroeg de sheriff:

'Wie wist dat deze belangrijke tas in de stagecoach reisde?

"Ik weet het niet. Natuurlijk ik en de burgemeester. Hamson bracht het persoonlijk hier toen het podium arriveerde en meldde het me in het geheim op mijn kantoor. Ik heb het stiekem aan Jasper doorgegeven toen ik het aan hem overhandigde en ik doe het niet' Ik weet niet meer. Mr. Hamson zal weten of...

"Je moet hem onmiddellijk op de hoogte brengen", zei de sheriff, "is het meest geïnteresseerd in de zaak.

'Dat kan niet,' zei het hoofd van het postkantoor. " Hij wachtte vol angst tot de komst van de coach, want hij moest onmiddellijk vertrekken. Zoals hij me op een vertrouwelijke manier vertelde, had hij een belangrijke ontmoeting met een bepaalde persoonlijkheid voor iets groots dat de regio raakt en ... ik weet niet meer.

"Nou, het zou heel belangrijk zijn om te weten wie de uitgang van die tas wist... dat hangt af van het volgen van een aanwijzing.

Frank kwam binnen om te zeggen:

'Ik vermoed dat u op een dwaalspoor bent, sheriff. In de eerste plaats geloof ik niet dat Hamson twee cent gaf aan de stadsomroeper die aankondigde dat hij dat geld via zo'n blootgesteld kanaal stuurde, en ten tweede, te oordelen naar wat de reizigers verklaren, de bevinding toevallig was. De overvaller fouilleerde hen, doorzocht de zakken met post en vond ten slotte, toen hij de stagecoach opeiste, de schuilplaats. Als hij dit detail had geweten en het motief voor de aanval was geweest, zou hij zich er in de eerste plaats zorgen over hebben gemaakt. De rest zou het niet waard moeten zijn.

De sheriff dacht na over de logica van zulke woorden en zei:

'Ik denk dat je gelijk hebt, Frank, maar... nou ja, hij denkt aan alles. Vertel ons nu uw verhaal. Je achtervolgde de outlaw.

"Inderdaad, dat was het. Ze vertelden me dat het nog geen tien minuten geleden was dat hij was gevlucht en ik dacht dat ik hem had bereikt.

Toen vertelde hij over zijn hele odyssee en hoe de val van zijn paard hem ervan had weerhouden op de voortvluchtige te jagen.

Wat zweeg was zijn overtuiging dat de leren zak was weggespoeld. Dit was een detail dat te zijner tijd was voorbehouden aan onderzoek.

Zijn haat jegens de man die zijn leven had verkort en zijn illusies was zo groot dat hij dat geld liever verloren liet gaan en uit de privézak van de bankier liet betalen dan zijn redding te vergemakkelijken, indien mogelijk, hoewel hij geen vertrouwen had in dat dit het geval zou zijn. was.

Toen hij klaar was met zijn verhaal, vroeg de sheriff:

"Heb je ideeën waarmee je de overvaller op een gegeven moment kunt herkennen?

"Geen. Ik kwam tussenbeide in de late namiddag, toen de zon al onder de horizon was gezonken en de schemering regeerde. Ik kon, net als de reizigers, waarderen dat hij een breedgeschouderde man was, van regelmatige gestalte, nogal lang en gekleed Hij reed op een geheel zwart paard en ik kan niet preciezer zijn.

"Nou. Ik zal details verstrekken aan de naburige steden zodat mijn collega's het kunnen onderzoeken. Misschien heeft iemand hem in een bepaalde richting zien oversteken. Het is niet gemakkelijk als je ver vooruit bent en de kloof oversteekt. Dakota en Wyoming zijn heel dichtbij en Daar ...

Frank onderbrak hem ongeduldig:

"Nou, meneer Lang," zei hij, "ik denk dat ik u heb verteld hoeveel ik zou kunnen bijdragen aan uw werk. Als u wilt, kunt u, voordat ik ga, mijn paard onderzoeken en zien dat zijn been gewond is geraakt tijdens de achtervolging. Je kunt ook mijn geweer zien, waar een huls ontbreekt, en mijn revolver, die drie kogels heeft.

'Wacht even,' onderbrak de sheriff. Van welk kaliber zijn je wapens?

"De Winchester is een 40.70 centerfire en de revolver een .45 Colt. Heeft het iets te maken met de dood van die ongelukkige man?

De sheriff bloosde een beetje. Franks vraag was onstuimig en dreigend geweest.

"Nee... ik denk niet... maar het is goed om zoveel mogelijk details te hebben.

Frank voegde er ironisch aan toe:

"Als dat de reden is, kun je ook mijn schoeisel en de hoeven van mijn paard opmeten. Dan stopt hij alles in een hoed, schudt het, haalt er iets uit en ... loste de zaak op.

Lang keek hem streng aan en antwoordde:

'Frank, ik zie dat je net zo impulsief en spottend terugkomt als je wegging. Je bent veel dingen vergeten...

'Je hebt het mis, Lang, ik ben er geen vergeten. Misschien is het iets waar mensen spijt van hebben.

"Zolang het je niet te zwaar maakt...

'Nou, als dat het geval is, jammer. Heb je nog iets van me nodig?

'Niet. Je kunt weggaan, maar ik hoop dat je niet zo snel weggaat dat ik geen kans meer heb om je weer te zien.

'Ik ben bang dat ik niet ga, Lang. Misschien is dit het slechte.

En hij ging naar de uitgang, op het moment dat de deur met geweld werd geopend en het lange en blonde silhouet van een jonge vrouw, mooi en elegant, in de lijst werd omlijnd.

Frank, alsof hij door een adder was gebeten, deed een stap achteruit en voelde een stroom van bloed naar zijn donkere gezicht stromen, terwijl de nieuwkomer, die hem zag, bleek werd en uitriep:

"Frank!

Hij deed een geweldige poging om zichzelf te bedaren en antwoordde:

"Inderdaad, Sylvia. Ik ben Frank Nel. Ik dacht dat je me na drie jaar afwezigheid niet meer zou herinneren.

"Het is één ding om te onthouden en iets anders om te onthouden. Dat hadden ze me verteld... maar sorry. Er is iets dringends dat ik moet verduidelijken.

En hij wendde zich tot het hoofd van het postkantoor en vroeg heftig:

'Wat loopt er door de stad, meneer Caster? Ze hebben me verteld dat het podium is beroofd en dat de burgemeester is vermoord.

'Dat klopt, juffrouw Hamson,' antwoordde de baas verward, wijzend naar Jaspers lichaam verborgen onder de deken. " Daar heb je het.

Ze deinsde achteruit, keek van afschuw in haar mooie mond en voegde eraan toe:

'Vreselijk, meneer Jasper, vreselijk! Maar... er is mij meer verteld... Is het waar dat mijn vader een leren zak met vijftigduizend dollar op het toneel had gestuurd en dat die verdwenen is?

'Het is waar, juffrouw Hamson. De zak is verdwenen, maar de hoeveelheid die erin zat weet ik niet. Wist je dat niet?

"Nee," antwoordde ze verward. " Mijn vader sprak met niemand over de zending ... zelfs niet met mij. Hij vertelde me alleen dat hij tot maandag afwezig moest zijn voor een zeer belangrijke conferentie en ik weet niet waar. Mijn God, vijftigduizend dollar Wat zal hij van streek zijn als hij erachter komt!

"Inderdaad, het is geen triviaal handjevol dollars.

'En... de overvaller kon niet worden gevonden?

De sheriff wees naar Frank en waarschuwde:

"Ja, juffrouw. Frank arriveerde kort daarna ter plaatse en galoppeerde de overvaller achterna. Het haalde hem in bij de rivier, maar... zijn paard struikelde en viel toen de voortvluchtige de stroom overstak. Hij vuurde verschillende keren op hem keer, maar miste hem.

'Ja, het is vreemd,' zei Sylvia sarcastisch, 'dat Frank Neil, een man die altijd heeft opgeschept dat hij een schutter is, schoten heeft gemist op een afstand van niet meer dan dertig meter! Er zijn verbazingwekkende dingen!

Frank voelde al zijn bloed vlam vatten bij haar opmerking. Ze had niets gedaan om de minachting te verdienen van iemand die altijd een goede vriend was geweest, en nu, toen ze hem op die vernietigende manier hoorde beschuldigen in het bijzijn van mensen, overspoelde een doffe woede haar ziel.

Woedend draaide hij zich om en riep uit:

'Je bent een agressieve, dwaze, idiote dame geworden, Sylvia! Ik zie dat je een waardige dochter van je vader bent en dat hij je zijn domme theorieën heeft bijgebracht en zijn dwaze trots van een ambitieus man, zonder verdienste om dat te zijn. Rancher die met geld is ingezameld, hij vergeet zijn afkomst en wil die van jou uit je bloed wissen, alsof dat mogelijk was. Ik heb nooit opgeschept dat ik een schutter ben en dat weet je.

«Ik heb gepocht over slechts een man en een hele man en zonder dromen van grootsheid die niet bij mij passen. Als je dat zei met een rommel, is het niet de moeite waard om in overweging te nemen. Als je een man was geweest...

Een veranderde stem riep vanuit de deur ...

'Ze is geen man, Frank, en daarom veronderstel je dat ook te zijn, maar hier is een man die bereid is zich voor haar te verantwoorden.

Frank wendde boos zijn ogen naar de deur. Daarin, en bijna de hele spanwijdte beslaand, viel het silhouet van Dennis Powell, Sylvia's vriend, op.

Gekleed in goedkope en aangetaste elegantie, zag hij er meer uit dan een rijke lokale boer, een exotische vreemdeling uit het Oosten die zich ruwweg probeerde aan te passen aan de gebruiken en kleding van de regio. Het was als een onberouwvol beeldje dat kleding probeerde te modificeren met aristocratische airs in slechte smaak.

Frank deed boos twee stappen naar voren en zei:

"Ben je een man? Je bent je hele leven niet meer geweest dan een dwaas kind, verwend om met je belachelijke figuur door de stad te lopen en jonge dwaze vrouwen zoals deze te verblinden. De mannen hier zullen zich schamen om te weten dat u van plan bent hen te vertegenwoordigen.

Dennis, rood als alsem, sprong op Frank en probeerde zijn stevige vuisten op zijn gezicht te drukken, terwijl Sylvia, bang, schreeuwde om hem tegen te houden, maar de poging van de boerenzoon ging niet verder dan daar ...

Frank spande zijn middel lichtjes, vermeed de blinde slag en strekte zijn rechterarm uit als een krachtige veer, legde die op de mond van zijn aanvaller en duwde hem achteruit tegen de deur.

Dennis botste tegen het frame, slaakte een kreet van pijn en zakte als een watje in elkaar, terwijl Sylvia, doodsbang, haar gezicht met haar handen bedekte, in de overtuiging dat haar vriend ongedaan was gemaakt door de verschrikkelijke impact.

Lang probeerde Frank te grijpen, maar Frank, hem scherp wegduwend, brulde:

'Laat me, Lang, verlaat me; je hebt gezien dat ik beledigd werd en Frank Neil wordt door niemand beledigd.

HOOFDSTUK IV

HAMSON BEGINT ZIJN AANVAL

De aankondiging van de komst van Frank Neil was alsof er een bom in het dorp was gevallen. Drie jaar was niet lang om uit de herinneringen van mensen te wissen herinneringen die, hoewel sluimerend, eeuwig bleven, en al snel kwamen de details van zijn leven weer tot leven tot het moment waarop hij uit Nirvay verdween.

Het gerucht verspreidde zich als gevolg van zijn vertrek over zijn optreden bij de diefstal van vee, herleefde opnieuw in de herinnering van sommigen en hoewel de tests niet erg bevredigend waren, geeft populaire laster altijd gemakkelijker het slechte toe dan het goede en iedereen is ze wachtten tegen hem, wachtend op de houding van de sheriff om deze oude zaak aan te pakken.

Aan de andere kant was het heel toevallig dat hij een leidende figuur was in de kwestie van de stagecoachoverval in Missouri. Nirvay was een zachtmoedige en rustige stad, waar gewapende overvallen en gewelddadige moorden exotische bloemen bleken te zijn, en die bloedige gebeurtenis "de bloedigste die in de plaats werd herinnerd" moest plaatsvinden precies toen Frank terugkeerde naar de stad.

Al snel werd het verhaal van haar optreden uitgebreid en mondeling gecorrigeerd, en velen "zoals Sylvia had gedaan", verwelkomden haar verklaringen met voorbehoud. Een persoon als hij, een uitstekende schutter, zou geen drie schoten van zo dichtbij kunnen maken en het feit dat dit had kunnen gebeuren gaf aanleiding tot twijfel.

De hele dag van de volgende zondag waren de opmerkingen voor elk wat wils. Zowel de jongeren als de ouderen vergaten hun favoriete amusement "sommige dansen en andere tavernes" en in groepen op het plein, op de hoofdstraat of in de etablissementen, wijdden ze zich aan het vormen van hypothesen over het evenement en putten ze uit Hij bepaalde conclusies, waarvan er maar weinig in het voordeel waren van de pas teruggekeerde nomade.

Hij verscheen zondag de hele dag niet in de stad. Moe van de lange dag en verbitterd over de taferelen die volgden op zijn terugkeer, bracht hij de dag slapend door, en toen hij opstond, wilde hij het huis van zijn vader niet verlaten, aan wiens zijde hij de avond doorbracht met het vertellen van zijn gevaarlijke exploits in het Westen.

Wat betreft de aanval op de stagecoach, vertelde hij hem alles wat er was gebeurd, behalve het incident met de zak. Het leek alsof iets hem dwong om over de zaak te zwijgen, hoewel hij er ook niet veel belang aan hechtte, omdat hij er zeker van was dat de zak verloren was gegaan in het modderige water van de Missouri.

Op maandagochtend keerde Hamson terug naar zijn mooie boerderij in de buitenwijken. Hij leek moe van de reis, maar tevreden met het resultaat.

Hij vond zijn dochter nerveus en met tekenen van huilen en toen hij probeerde te informeren naar de motieven van die beschuldigende sporen, vertelde ze hem koortsachtig van alles wat er was gebeurd.

De bankier schreeuwde om het nieuws van het verlies van geld en het onjuiste en brute gemanifesteerde door Frank. Hij kon het haar niet vergeven dat ze terugkwam en haar dochter zo minachtend behandelde, hoewel hij diep van binnen blij was dat de onverwachte ontmoeting zich op zo'n koude en agressieve manier had ontwikkeld.

Dit had zojuist alle sporen van het verleden tussen hen uitgewist en de toekomst duidelijk duidelijk gemaakt. Sylvia en Frank konden niet eens meer twee discrete vrienden zijn.

Wat betreft het incident met Dennis, hij was woedend. Immers, onder de valse mantel van 'geïmproviseerde ridder' klopte het bloed van het Westen in hem en de lucht van het turbulente boerenleven, en het maakte hem misselijk dat zijn toekomstige schoonzoon zo'n nederlaag en vernedering had geleden.

Woedend brulde hij:

'Van wat voor modder is Dennis gemaakt dat Frank niet kapot heeft gemaakt? Hij beledigde je in het bijzijn van de sheriff en als hij hem daar had vernietigd, had Lang het met hem eens moeten zijn.

"Maar pap," antwoordde ze verward. "Dennis wilde mijn verdediging en die van hem verdedigen. Hij was ongewapend en sprong op Frank om zijn mond met zijn vuisten te bedekken.

'En hij liet zijn dekmantel toe, nietwaar? Zo'n situatie kan niet zo blijven! Ik geef toe dat Dennis geen misdadiger is, noch een schutter zoals Frank, maar hij is een man en hij moet het bewijzen. Ik kan niet toestaan dat de toekomstige echtgenoot van mijn dochter de vernedering doormaakt van geslagen te zijn zonder wraak te nemen. Je moet het begrijpen en hij ook.

"Ok, pap, oké, maar Dennis heeft geen tijd gehad om bij elkaar te komen... als hij hersteld is... we zullen zien... Je weet wie Frank is...

"Ik weet wie Frank is en hij zal weten wie ik ben ... Hij is alleen teruggekomen om mijn leven bitter te maken, hij vergeeft me niet dat ik me terecht verzet tegen je intieme vriendschap. Hij geloofde dat ik gewoon een ruige boer was die zijn bedoeling niet had geweten en dat deed ik ook. Ik probeerde je onschuld te misbruiken om je voor de gek te houden, met je te trouwen en mijn kapitaal over te nemen ten koste van ons beiden ... Nee ...! Ik kon er niet mee instemmen en ik ben blij dat je reageerde door te beseffen wie het is. Aan de andere kant is er veel te bespreken over de diefstal van mijn geld ...

«Ik geef toe dat hij, afwezig, niet wist dat ik de zending zou uitvoeren, maar ... wie zegt me dat ik het niet eens was met de overvaller om de stagecoach een klap te geven? Hij weet dit, hij weet dat de post meestal Effecten bevat, misschien stemden ze ermee in om het te stelen en het toeval deed hen struikelen over de tas ... Vijftigduizend dollar ...! Dat is het bedrag van Sylvia, en als ze het deelt met die bandiet, zal ze kunnen opscheppen dat ze daar geld heeft verdiend en zich hier vestigen en proberen mijn leven bitter te maken...

Nee... Dat zal hij niet. Ik heb veel onderzoeken te doen. Zijn bewering dat hij de overvaller achtervolgde en neerschoot zonder hem pijn te doen, hem uit het oog te verliezen, is kinderachtig... Alsof we niet weten hoe die man met een revolver om moet gaan!

'Wat bedoel je daarmee, pap? vroeg Sylvia geïntrigeerd.

"Veel en niets, maar een van de twee; Of het is een leugen dat hij de outlaw achtervolgde of hij deed alsof om zijn tussenkomst in de zaak te rechtvaardigen ... Ik zal hem de pinnen moeten aanhalen totdat hij de waarheid zingt.

"Dat is een heel sterke vader, je kunt hem niet beschuldigen zonder bewijs.

'Geen bewijs? Regent het niet nat? Wie heeft dat vee van me gestolen zodra ik uit de stad verdween?

'Het kon niet worden bewezen, pa... Scott zei dat hij er bijna zeker van was dat hij Frank herkende, maar door de duisternis was hij misschien in de war.

'Hij was niet in de war... Hij was bang dat Frank wraak op hem zou nemen. Hij is een pestkop en pestkoppen worden vaak van de galg gered uit angst voor anderen, maar ik ben niet bang voor hem of voor wie dan ook. Ik vergeet niet dat ik een boer ben geweest en dat ik ze vaak oog in oog heb gezien met de veedieven.

'Nou, pap... niet opgewonden raken. Het belangrijkste is nu om de overvaller te kunnen lokaliseren. De autoriteiten moeten iets doen.

"Iets...! Ik zou als ik gezag had. Ik zou Frank dwingen te spreken... Hij moet weten...

"Papa!" riep Sylvia geërgerd uit zonder te weten waarom. Ik denk dat je te ver gaat. Ik stond mezelf toe te twijfelen aan de waarheid die hij zei te onthullen en ik zag hoe hij woedend reageerde ... Waarom kon het niet zijn gebeurd zoals hij zegt?

'Ga je hem nu verdedigen? brulde de bankier, uit angst dat zijn dochter nog sympathie voor Frank koesterde.

'Nee, maar ik wil niet dat je zo ver gaat dat ik hem met hem kan confronteren. Zo'n beschuldiging zou hem kunnen irriteren en... het maakt me bang om aan de gevolgen te denken.

'Maak je geen zorgen. Je zult zien dat de leeuw niet zo woest is als mensen hem schilderen. Ik weet hoe ik de zaak moet aanpakken.

'Nou, hoe zit het met het geld?

"Dat is het ergste, Sylvia. Ik heb het gevoel dat er iets onaangenaams gaat gebeuren met de lokale boeren en kolonisten. Dat geld was van hen, ik, in mijn hoedanigheid van directeur, moet opdracht geven tot de verdeling van fondsen en de enige bestaande betekent om het geld over te maken. Als er geen beveiliging is, wat is dan mijn schuld? Ga ik het verliezen? Nee ... En dit is wat ik in hun hoofd moet krijgen.

'Slechte zaak, vader. Ze zullen zeggen dat hun geld voor hun veiligheid op de bank is bewaard en dat degene die je naar buiten hebt gebracht niet van hen was.

'Nou, van wie is het, misschien van mij? Al het geld dat ik bewaar is van iedereen en het raakt iedereen. We zullen zien wat er gebeurt, maar reken er niet op dat ik het uit mijn zak haal. Zoek het op en breng het terug. Ik zal een aandeelhoudersvergadering bijeenroepen en we zullen zien hoe het afloopt.

En woedend marcheerde hij naar de bank waar hij de hele ochtend bleef zitten, opgesloten zonder iemand te willen zien.

De gebeurtenis had, hoewel ze tot verontwaardiging van de mensen had geleid, geen alarm gezaaid, omdat niemand dacht dat dit in hun lopende rekeningen zou kunnen weerspiegeld worden. Allen geloofden te goeder trouw dat dit een zaak was van de directeur, die moest waken over de deposito's en die verantwoordelijk moest zijn voor hun integriteit.

Toen de bank sloot, werd Hamson gedwongen naar het kantoor van de sheriff te gaan. Hij had bericht gestuurd om hem te bezoeken en Hamson kwam woedend binnen.

'Dit is een echt schandaal, Lang!' Was zijn eerste opmerking. " Jij bent de sheriff van het dorp en je blijft zo kalm in je kantoren zonder te weten dat de rovers Nirvay achtervolgen als mieren in de bomen. Beseft u uw verantwoordelijkheid?

"Waarom?" antwoordde de sheriff geïrriteerd. Waren er tekenen van bandieten in de buurt?

'Is er een plek in het Westen waar ze niet bestaan? Ik vind je erg onwetend, Lang.

"Het zal jouw mening zijn. Aan de andere kant, heb je me verteld dat je van plan was zo'n gevaarlijke zending te maken?

"Moest ik reclame maken voor mijn transacties?" brulde de bankier. "Als je het in het grootste geheim zou opnemen dat er is gebeurd, wat zou er dan gebeurd zijn met rondlopen met de jas die het aan iedereen liet zien?

'Verpest het niet, meneer Hamson. Het was genoeg dat hij me had gewaarschuwd. Ik zou persoonlijk de etappe naar Seneca hebben begeleid.

" En dat? Misschien ben je me mijn leven schuldig omdat ik je niet heb gewaarschuwd, maar in het beste geval, aangenomen dat je voor een boeman was gehouden, zou de klap later zijn gekomen. Nee, Lang, het geld was voorbestemd om te verdwijnen, omdat dieven dat niet hadden gedaan. eerder verdwenen!

"Het was een toevallige gebeurtenis. Ik geloof dat zelfs de overvaller zelf niet had gedroomd van het belang van de klap die hij zou gaan uitdelen.

"Niet? En hoe zit het met de tussenkomst van Frank? Hij vertrok toen er vee uit mijn weiland werd gestolen en werd herkend door een van mijn pioenen; Hij komt terug als vijftigduizend dollar van mij is gestolen en grijpt op de vreemdste manier in ... Ik hoop dat je heb niets van dat absurde verhaal dat hij heeft verteld, geloofd.

"Hoe kan ik mezelf hierin ondersteunen?

"Gewoon in zijn achtergrond. Zijn optreden is erg duister en ik geloof toevallig dat hij in combinatie was met de overvaller.

'Om zijn leren jas te stelen?

"Niet juist daarvoor, maar om het podium te beroven en de waarden van de post te stelen. Ik vermoed dat hij met een collega kwam en zoals hij hier bekend is, stuurde hij hem om te staken, wachtend om hem te helpen. Toen hij hem zag triomferen, presenteerde hij zichzelf als een redder van reizigers en om zijn komst te rechtvaardigen.

Hij wist dat ze hem zouden vertellen dat de overvaller net was gevlucht en deed alsof hij hem achtervolgde. Ze vergezelde hem zeker naar de rivier om zijn ontsnapping te vergemakkelijken en hem te begeleiden. Ik zou Frank goed in de gaten houden. Ik ben ervan overtuigd dat hij op een of andere dag zijn partner zal zoeken om zijn deel van de buit op te eisen. Dan zal hij zeggen dat hij geld heeft verdiend in het Westen en dat hij zich komt vestigen... Wat weet je van zijn omzwervingen daar?

"Niets! Waarom moest ik voor hem zorgen?

'Natuurlijk, maar... je zult zien hoe het is. Mijn hart zegt het me.

'Nou, ik heb zijn hand nog niet losgelaten. Ik zal hem lastigvallen met vragen, ik zal hem dwingen zijn leven en vooral zijn stappen te beseffen wanneer hij terugkeert en ik zal hem in de gaten houden ... Meer kan ik niet doen, want zonder een test is het niet geoorloofd om vast te houden hem.

'Nou, misschien heeft hij er spijt van dat hij het niet heeft gedaan. Op een dag zal het als een aal uit zijn handen glippen en hij zal met mijn geld meegaan om daar te slagen en een prachtig leven te leiden.

"We zullen ervoor zorgen dat het niet zo is. Ik heb in de hele regio orders geplaatst om het te onderzoeken. Iemand moet een ruiter op een zwart paard hebben gezien.

" Veel! En ze zullen honderd burgers arresteren die paarden van die kleur berijden ... Je zou zelf gearresteerd kunnen worden als je vertrok omdat je een zwart paard had. Ik heb er twee, Isaac White heeft er een ...

'Oké, maar er zijn geen aanwijzingen meer. Dat wil zeggen, de leren jas blijft.

"Dat ze het niet om hun nek gaan dragen als trofee. De tas zal op een dag leeg in een ravijn verschijnen en daar zal de geschiedenis zijn gestorven.

De sheriff, geteisterd door Hamsons pessimisme, vroeg:

"Kun je nog andere stappen bedenken om de auteur te ontdekken?

"Als ik een sheriff was, zou ik aan velen denken, omdat ik niet bang zou zijn om te handelen. Allereerst zou ik Frank in de gevangenis zetten.

"Ik kan het niet doen.

'Ook niet voor de diefstal van mijn vee?

Niet Daarvoor. Het gebeurde niet tijdens mijn ambtstermijn en voor zover ik weet, was het niet betrouwbaar bewezen.

" Nu al! Omdat dit niet zal worden bewezen. De ober is slim, maar Lang, stap op je voeten. Als je niet snel en goed oplost, zal ik mijn invloed in de contour moeten gebruiken, zodat een meer capabele en energieke sheriff Benoem dit, dat interesseert u.

'Nou, je kunt het, ik betwist het niet. Als je een sheriff wilt die bij je past, laat ze hem dan aanstellen, maar ik ben op maat gemaakt, niets meer en niets minder.

Hamson, geschokt, stond op en riep:

'Is het een uitdaging, Lang?

"Het is een reden. Ik zal doen wat ik nodig acht, maar ik zal niet zo ver gaan dat ik voor iemand vuil in de ogen gooi.

'Nou. Hij zal zich die dreiging herinneren.

En woedend verliet hij de kantoren, de sheriff nog bozer achterlatend dan hij was.

De opvliegendheid van de bankier nam toe tijdens de middaguren dat hij bij de Bank bleef werken, en dus keerde hij, toen de avond viel, terug naar zijn boerderij, hij was een schot dat op het punt stond in volle gang te ontploffen.

De laatste persoon die die dag last had van Hamsons galabcessen was Dennis, die, redelijk hersteld van de klap die de avond ervoor was opgelopen, Sylvia was komen bezoeken en voor de bankier had getuigd van het geleden verlies.

Toen Hamson zijn felle ogen op het gezicht van de keurige jongeman richtte en de sporen van de verschrikkelijke klap op zijn gezwollen lippen ontdekte, keek hij hem streng aan en zei:

'Wat ben jij voor een man, Dennis? Is hij een van degenen die, volgens de christelijke stelregels, wanneer hij een klap krijgt, de andere wang oplegt om de tweede te ontvangen? Als dat zo is, betwijfel ik of je een andere mond hebt om het aan te bieden en dat ze het aandoen zoals ze je de enige hebben gegeven die ze hebben.

Dennis, rood van schaamte, riep uit:

"Dhr. Hamson, je bent oneerlijk. Ik kwam op om zijn dochter te verdedigen en wilde die vent straffen, maar ik miste de klap en had geen tijd om de zijne te beantwoorden. Ik denk niet dat ik angst heb getoond.

"Maar ja, nietigheid, wat voor de zaak hetzelfde is. Ik hou daar niet van, Dennis. Wie de hand van mijn dochter wil krijgen, moet een man zijn in elke zin van het woord. Ik geef toe dat ik je overrompelde en je gezicht verbrijzelde, maar wat heb je gedaan sinds gisteravond?

"Niets, maar ik zal. Ik heb pijn en moet nadenken over hoe ik de zaak oplos. Je weet dat ik geen schutter ben; ik hanteer een pistool zoals velen, maar niet zoals Frank. Als ik zo dom was dat ik een revolver aan zijn riem zocht, zou het net zo goed zijn als zelfmoord plegen door de hand van iemand anders.

'Nou, wat is mijn schuld dat zijn vader niet wist hoe hij hem voor het Westen moest opvoeden? Is dit een vlindernest? Hier moet je jezelf verdedigen met vindingrijkheid en wapens. Ik ben een goed opgeleide man voor de samenleving omdat ik dat heb besloten en daarom heb ik de briljante positie bereikt die ik heb; Maar ik heb ook geleerd om defensieve wapens te hanteren zoals God beveelt, zodat niemand me misbruikt omdat ze me een geklede jas, een mooi vest en een wit kraagoverhemd met een sjaal zien dragen.

'Je hebt net voor de jurk gezorgd en daarmee kom je nergens, Dennis. Het spijt me je te moeten zeggen, want ik waardeer je heel erg en ik heb je strijdlust gegeven om mijn dochter het hof te maken, maar dat zal gebeuren omdat ik op een dag niet in staat zal zijn om haar te verdedigen als iemand haar beledigt, niet dat. Je bent in de ogen van iedereen vernederd, dat kun je niet vergeten en alleen door de overtreding te wassen, zul je de achting van de mensen terugkrijgen.

«Slik ze ervoor en vergeet niet dat, aangezien jij degene bent die beledigd is, je het recht hebt om het initiatief te nemen. Dat is een groot voordeel om een hoop gedoe met de sheriff te vermijden. Als je iets in je hoofd hebt, zul je begrijpen wat ik zeg en daarnaar handelen.

En zonder meer redenen te willen horen, liet hij alles verward en beschaamd achter om zichzelf op te sluiten in zijn kantoor.

Dennis kwam naar Sylvia voor een palliatief en hulp, maar haar humeur was niet beter dan die van haar vader. Ze had naar zijn hele tirade geluisterd en hoewel ze haar opleiding op een school had verfijnd, was ze nog steeds een vrouw uit de regio, waarin het bloed van het Westen en zijn atavismen niet kon worden ontkend.

Op de klaagzangen van de jongeman antwoordde hij:

'Het spijt me, Dennis, maar ik begrijp de reden van mijn vader niet. Ik geef toe dat Frank je overrompelde en je met één klap neersloeg, maar je kunt het niet zo laten... Begrijp je niet dat je de spot van de stad zou zijn?

"Het geeft niet, Sylvia. Ik heb niet gezegd dat ik een ontmoeting met die wilde cowboy probeer te vermijden, maar... ik moet uitkijken hoe ik het doe. Frank is een schutter en ik ben niet tegen hem op met een pistool in de hand.

'Maar je hebt twee vuisten, Dennis. Ik ken Frank en ik weet dat hij niet in staat is om wapens te gebruiken die zijn tegenpool niet kan gebruiken. Ik weet niet wat hij heeft gedaan, of waar hij specifiek van beschuldigd kan worden, maar ik heb hem lange tijd behandeld en ik kon zien dat hij altijd met adel handelde.

'Misschien is hij 'de gulle bandiet'. Een Jesse James of een Billy "the Kid" "merkte wrang op, Dennis.

"Ik weet niet wat het zal zijn, en het kan me ook niet schelen. Dat is voorbij, maar ik ben eerlijk genoeg om me aan de waarheid te houden.

'Oké, het lijkt erop dat jullie hebben samengespannen om mij in een gevaarlijke onderneming te krijgen. Ik ben geen lafaard, ik zal je meer dan wat dan ook laten zien, maar hoewel ik geen lafaard ben, ben ik geen gek die zijn hoofd in een stok steekt om opgesloten te worden.

En woedend over het geweld van die situatie nam hij zijn hoed en vertrok zonder afscheid te nemen.

HOOFDSTUK V

Frank bracht de hele zondag door in de beslotenheid van het huis, met zijn vader, die hem zeer waardevolle informatie gaf over het leven in het dorp gedurende de drie jaar dat de jongeman afwezig was.

Het waren gegevens die hem niet alleen terug zouden brengen naar een gelukkiger en verlangendere tijd dan het heden, maar hem ook goed van pas zouden komen, aangezien zijn doel toen hij terugkeerde naar Nirvay was om zich daar permanent te vestigen.

De oude Neil, nog steeds sterk en rechtopstaand, beantwoordde alle vragen van zijn zoon, vooral met betrekking tot Hamson en zijn activiteiten. De kersverse bankier was de oorzaak van al zijn tegenslagen geweest en Frank kwam terug met de bewuste bedoeling om zijn slechte tijden uit het verleden zo mogelijk in schoppen terug te betalen. Wat Sylvia betreft, hij was diep teleurgesteld dat ze zo veranderd was en zo gehecht aan de theorieën van haar vader, geplaagd door grootheidswaanzin.

Een diepe bitterheid maakte zich van hem meester toen hij had kunnen vaststellen dat de goede vriendschap die hen verenigde, die uitbarsting van eenvoudige en gezonde liefde die niet in woorden tussen hen explodeerde, maar die stilzwijgend door de een en de ander was toegegeven, niet alleen opgedroogd. en dood, maar de giftige wortel was veranderd in een minachting die hij niet kon toegeven.

Sylvia leek niet beter of slechter dan haar vader. Ze was verleid door het schouwspel van grootsheid en was bereid haar hart en haar jeugd op te offeren aan een domme en dwaze liefde, waarvan de omvang was afgemeten aan het kapitaal dat Dennis' vader kon bezitten.

Frank kon de verandering in haar gevoelens niet verklaren. Ze kende Dennis zoals ze hem moest kennen, en zonder afgunst of hartstocht, koud de toestand van de jongeman bestuderend, vond ze in hem niets meer dan een lege en verwende kerel, nuttig om te pronken en te besteden, zonder enig initiatief en alle zenuwen en zo betaald voor zijn type en zijn zekere afkomst, dat hij alles moest opofferen aan de pose en de flits.

Dit was geen man van het Westen, en dat zou hij ook nooit kunnen zijn. Alle vezels van de omgeving die hij had ingeademd waren dood in hem, en als Hamson, die ondanks al zijn fouten, agressief, vasthoudend en dynamisch was, vertrouwde hij erop dat die verwaande pop op een dag de leiding van zijn bedrijf zou overnemen, met vliegende kleuren. het bedrijf, hij had het meer dan bij het verkeerde eind.

Dat was natuurlijk niet zijn ding. Sylvia kon kiezen wie ze wilde en met haar hart doen wat ze wilde, maar ze kon niet toegeven dat ze hem met de agressie behandelde die ze hem had behandeld, noch keek ze zo over haar schouder, terwijl er tussen hen niets was gebeurd om dat te rechtvaardigen. houding.

Frank wist dat het allemaal Hamsons geduldige werk was, maar het deed hem pijn dat ze van zo'n kneedbare was was gemaakt dat hij er zo van onder de indruk was geweest.

Welnu, alle vriendschap met de jonge vrouw was verbroken, geen enkel obstakel weerhield haar ervan de bankier de slagen terug te geven die hij haar had proberen te geven. Dit was een onbetaalde schuld, die hij niet wilde vergeten. Hamson had hem verkeerd beoordeeld als een vijand, beschouwde hem als een trieste landarbeider met geen andere ambities dan te genieten van het kapitaal van de bankier door een huwelijk met zijn dochter, en hij zou zijn ongelijk bewijzen. Hij was een echte man van het Westen, met de zenuwen om zijn ambities uit te voeren en de tijd om de show te maken was gekomen.

De drie jaar die hij buiten zijn geboorteplaats had doorgebracht, waren voor hem een zware maar vruchtbare leertijd geweest in de leer van het leven. Geconfronteerd met goed en kwaad, had hij het pad bewandeld dat hen scheidde, op zoek naar een manier om fortuin te maken zonder dat het lange tijd gunstig was.

Hij was arbeider geweest op een paar boerderijen, een veehakselaar, een vertrouwde man van een veehandelaar, met wie hij een paar honderd dollar wist te verdienen "de eerste besparing van zijn leven", en later, moe van de traagheid bij het verzamelen van een bedrag dat die verspilling van energie verdiende, besloot ze alles op één kaart te gokken.

De zilvermijnen in Nevada verleidden hem. Hij begreep de mijnen niet, maar hij had spierkracht, vasthoudendheid, durf en lef, en gebruikte al zijn spaargeld om fatsoenlijke uitrusting aan te schaffen, ging hij de bergen in op zoek naar naden.

Hij had een moment van wanhoop toen zijn mogelijkheden uitgeput waren voordat hij een klein deeltje van het edelmetaal ontdekte; tot hij op een dag een zwakke ader tegenkwam op een plek waar even later het zilver rijkelijk begon te stromen.

Het nieuws van de ontdekking trok een werkmaatschappij aan en deze begon de concessies te verwerven. Er was een slecht aanbod voor de ader van de arme Frank, maar Frank wees het resoluut af. Hij had honger, stond op het punt de uitbuiting op te geven, maar hij wilde niet wijken voor het bedrijf. Hij had geraden dat deze zijn concessie nodig had, genesteld in het hart van de reeds verworven concessies, en hij wilde het goed laten betalen.

Er ontstond een grote strijd, totdat hij, opgesloten in een nummer, herkend werd toen hij niet langer de moed had om weerstand te bieden. Vijftigduizend dollar was zijn positie en hij wilde alles of niets.

Toen hij de cheque voor de concessie ontving, schatte hij dat zijn omzwervingen in het Westen waren geëindigd, en op een dag, zonder waarschuwing, zonder enige haast, van zoveel vermoeidheid willen uitrusten op een zachte en aangename reis door de regio die hem zag geboren. Hij keerde terug naar Nirvay op de rug van zijn trouwe paard, dat hij zelfs in tijden van grootste ontberingen niet kwijt had willen raken.

De cheque werd gestort bij de Bank of Marsland, het einde van de stagecoachroute van Missouri. Hij had nog niet besloten wat hij met de hoofdstad zou doen en wilde het pas op het juiste moment aan het publiek blootstellen. Zijn idee was om een ranch in de stad te verwerven en zijn agressieve campagne tegen Hamson te beginnen. Hij moest de kwetsbaarheden van de vergoddelijkte bankier bestuderen en als hij hem had, zou hij zijn offensief beginnen.

Neils vader, die zijn zoon kende, was bang voor zijn uitbarstingen en adviseerde hem zijn zenuwen in bedwang te houden. Hamson was een zeer invloedrijke man in het dorp en hij kon haar opnieuw van streek maken, zoals hij probeerde te doen toen hij genoeg vaardigheid had om hem ervan te beschuldigen dat hij had geprobeerd haar vee te stelen.

Maar Frank antwoordde zijn vader lachend:

"Maak je daar geen zorgen over. Het Westen heeft me veel dingen geleerd. Ik weet hoe ik op alle terreinen moet vechten. Als ik hier niemand kan vinden die het lef heeft om me te confronteren met een revolver in de hand, zal ik hem in de holster houden en gebruik maken van andere soorten wapens, maar dat betekent niet dat ze minder verschrikkelijk zullen zijn Soms is het beter om waardig te sterven met een revolver in de hand dan te worden blootgesteld om te sterven als een schurftige coyote, vast in een gat, veracht door de mensen.

'Wat is jouw idee, Frank?' vroeg de oude man.

'Ik weet het nog niet, vader; Ik moet me oriënteren. Ik heb ze liever in de overtuiging dat ik zonder geld terugkom. Als ze wisten dat ik geld heb en dat ik van plan ben hier een ranch te kopen, zou Hamson zijn invloed gebruiken om te voorkomen dat het aan mij wordt verkocht. Ik zal wachten. Ah! Hoe gaat het met je geld?

"Als je iets nodig hebt om de aankoop te voltooien, kun je tot tienduizend dollar hebben. De rest wordt geïnvesteerd in het magazijn.

'Nee, ik zal het niet nodig hebben. Waar heb je het geld?

"Bij Hamson's Bank; hij had geen andere keuze. Als ik hem naar Seneca had gebracht, afgezien van hoe vervelend het is om daarheen te gaan om de transacties uit te voeren. Hamson zou mijn bedrijf hebben geboycot.

"Nou. Dat maakt me deels blij, want het geeft me het recht om in te grijpen in de bankoperaties van die pad. Hij handelt met ons geld en dat dwingt hem rekenschap af te leggen.

Franks vader verstijfde en vroeg plotseling:

"En nu je het over handel hebt. Wat gaat er gebeuren met die overval?

" Wat bedoelt u?

"Gewoon, wie gaat er verliezen wat er is gestolen.

" Ray! Wie gaat het verliezen? Hamson ...

"Denk je? Dus je kent hem niet meer. Tijdens je afwezigheid is er een overval geweest die nog steeds niet kon worden opgeruimd. Iemand kon een raam forceren, 's nachts binnenkomen en een paar duizend dollar toe-eigenen die de kassier had in zijn bureaula voor een betaling die hij heel vroeg moest doen.

«Hamson riep de rekeninghouders op en deed hen inzien dat de Bank niet over haar eigen geld beschikte, maar over datgene wat haar was toevertrouwd en dat aangezien de verdwijning een toevallige gebeurtenis was en niemand iets te verwijten viel, niemand uit hun eigen geld hoefde te betalen. privé zak de verdwenen. De formule was om het kleine rentepercentage voor de hoofdsom voor een bepaalde tijd te verlagen, totdat het gedekt was wat er was gestolen.

"De klokken van de hel!" riep Frank. Dat kan niet... Wie zei dat de Bank geen eigen geld heeft? Verhandelt Hamson de deposito's niet en gebruikt hij geen geld voor winstgevende zakelijke transacties? Nee... Hij zal niet doen alsof, maar als hij dat doet, zal Nirvay branden met alles wat het bevat. Het lijkt mij dat dit het zwakke punt zal zijn waar de eerste live zal worden ontvangen. Ik ben blij dat je me daarvoor gewaarschuwd hebt.

De volgende dag kreeg Frank een bericht van de sheriff dat hij zich op hun kantoor moest melden. De jonge man, een beetje achterdochtig, reageerde op de oproep.

'Hier ben ik, meneer Lang,' zei hij. Vertel me waar het over gaat.

De sheriff vroeg na over het antwoord te hebben nagedacht:

"Laten we eens kijken Frank, onthoud dat ik niet vooruitloop op iemands prestaties en daarom ook niet op de jouwe, maar vergeet niet dat het mijn missie is om alles wat er is gebeurd tot de laatste limiet te onderzoeken en indien mogelijk consequenties te trekken en een aanwijzing te volgen als er ruimte voor is.

"Goed, ik betwist het niet.

"Daarom smeek ik je om jezelf niet te verheffen en mijn vragen met alle
oprechtheid te beantwoorden. Ik zit in een moeilijke situatie en ik moet bekennen
dat het door jou komt. Help me op zijn minst om het op te lossen.

"Omwille van mij? Ik begrijp je niet...

"Nou, ik zal duidelijk met je praten. Hamson is woedend. Ik begrijp het omdat
het zo moet zijn. Vergeet niet dat hij een wrok tegen je koestert voor dingen die er
niet toe doen voor mij en dat dit en jouw vroegtijdige komst in het dorp hebben
bij hem bepaalde argwaan gewekt die hij heeft geprobeerd mij te laten delen,
alleen omdat hij ze heeft verwekt.

"Omdat ik me heb verzet, heeft hij gedreigd mij te beïnvloeden om mij te
vervangen, wat mij niet kan schelen, maar ik geef er wel om dat er misschien geen
tijd komt dat hij me ervan kan beschuldigen dat ik mijn plicht niet tot het uiterste
heb vervuld.

'Ik wil je begrijpen. Waar gaat het over?

'Waar kwam je vandaan toen je hier kwam?

"Van Marsland.

"Kun je het verantwoorden?

"Als het moet, op een betrouwbare manier.

"Waarom ben je te paard gekomen en niet op het podium? De weg is erg lang en
vermoeiend.

"Dat is waar, maar ik had een paard dat ik niet wilde verkopen of in de steek
wilde laten. Aan de andere kant, totdat ik in Marsland aankwam, heb ik als een
olifant gewerkt, ik heb ontberingen en honger geleden, ik heb alles in mijn leven
gehad en toen de tijd voor mij was gekomen om te rusten, wilde ik de reis
comfortabel maken , kalm en vredig. Ik verlangde ernaar om mijn vader te
omhelzen en was bang om te komen voor veel dingen van intieme aard.

'Misschien vanwege die beschuldiging van veediefstal?

"Dat heeft me nooit ongerust gemaakt. Ik wist het, want mijn vader schreef het
aan mij en als hij zijn brief niet heel ver van hier en met veel vertraging had
opgehaald, zou ik terug zijn gekomen om een jaarling met hoorns en alles in zijn
mond te stoppen die hij zou hebben gehad het cynisme om mij valselijk te
beschuldigen. De zaak is intiemer.

"Ik vermoed. Ik neem aan dat je je realiseerde dat de zaak dood was.

'Ja, maar het werk van Hamson is niet gestorven.

'Laten we dat opschrijven, Frank. Hamson en veel mensen hebben het toeval
gevonden dat u precies tien minuten na de aanval op de plaats van de aanval
arriveerde, te vreemd.

" En omdat? Hetzelfde zou tien minuten eerder kunnen gebeuren of op het juiste
moment zijn aangekomen. Ik zal je vertellen dat toen ik ongeveer tien minuten

verwijderd was, de lucht de echo van verschillende ontploffingen in mijn oor bracht, en erdoor werd aangetrokken, Ik galoppeerde naar het pad. Toen ik aankwam, was de overvaller door een spleet in de hellingen gelekt op weg naar de Missouri, en op verzoek van de bange reizigers die dachten dat ik hem kon bereiken, probeerde ik hem te volgen. Zij kunnen bevestigen dat .

"Ze hebben het zeker bevestigd, maar er zijn mensen die vermoeden dat de overvaller in overleg met jou heeft gehandeld. Dat je hem aanwijzingen gaf om het podium te beroven, om de route en gebruiken te kennen en dat je kort daarna kwam opdagen om het alibi te rechtvaardigen. Er zijn ook mensen die niet geloven dat jij, een uitstekende schutter, je schoten van zo dichtbij zou kunnen missen en dat wat je deed was de overvaller volgen, hem helpen ontsnappen en ervoor zorgen dat de buit goed was en dat je op een dag zou ontvang uw deel.

'Is het Hamson die dat vermoedt? vroeg Frank woedend knarsetandend.

"Denk er eens over na, waarom ga ik het ontkennen?

" En jij?

'Zo ver ben ik nog niet, Frank. Voordat ik die verdenking zo goed mogelijk heb opgelost, heb ik uw geschiedenis en die van uw vader in herinnering gebracht. Je was altijd een impulsieve en norse jongen, maar eerlijk. Je vader ook. Het is waar dat toen je wegging, het incident van de veediefstal plaatsvond, maar... het ging naar Hamson en Hamson haatte je. Waarom kon ik geen valse getuige vinden om je in diskrediet te brengen?

«Ik heb met dit alles rekening gehouden voordat ik oordeelde en daarom heb ik geen acht willen slaan op de suggesties van Hamson. Hij is er zeker van dat de dingen zijn gelopen zoals hij denkt en dat op een dag jouw aandeel in het bedrijf aan het licht zal komen.

Frank was gespannen. Hij dacht dat op de dag dat hij bekend zou maken dat hij geld had, precies een bedrag gelijk aan wat er was gestolen, die verdenkingen tegen hem zouden worden geaccentueerd.

Geërgerd door de gedachte waarschuwde hij:

"Betekent dit dat als ik nu duizenden dollars zou laten zien, mensen zouden geloven dat ze bij Hamsons gestolen tas hoorden?

"Precies, maar aangezien ik vermoed dat je zo kaal komt hoe je weg bent gegaan...

'Nou, vermoed het niet, Lang. Ik heb geld en precies een bedrag gelijk aan wat er is gestolen, maar gelukkig kan ik twee dingen bewijzen. Ten eerste, waar het vandaan kwam en ten tweede, waar het lang voordat de aanval plaatsvond, werd gedeponeerd.

"Wil je het passen?

"Ja meneer, maar op voorwaarde dat u niet beseft dat ik dat geld heb en het voor u bewaar... Ik ben niet van plan het te laten zien totdat ik het nodig heb.

"Maar dan...

"Dan, wie wil, beschuldig mij. Ik kan blijven aantonen dat het niets met de overval te maken heeft, zie.

Uit zijn portefeuille haalde hij het contract voor de overdracht van zijn zilverader voor de vijftigduizend dollar en het document dat hem bij de Bank van Marsland was overhandigd toen hij het geld deponeerde.

"Bevredigt dit je?

'Als je niet meer geld hebt, ja.

'Nee. Ik heb er geen meer, ik zweer het.

"Nou. Laat dit maar vergeten. Nu, onthoud. Zou je me niet wat informatie kunnen geven om een of andere procedure uit te voeren om me te helpen de zaak op te lossen? Je zult de eerste zijn die wint, Frank. Je kent Hamson al. Hij is in staat zijn theorie voor de hele stad te ontwikkelen en zijn woord zal altijd meer geloofd worden dan het uwe.

«Het zou een gewelddadige situatie voor je zijn als mensen je bij twijfel met terughoudendheid zouden toelaten en in hun hart geloven dat je een handlanger was van de overvaller.

"Bliksem en donder! Als hij me dat aandoet, vermoord ik hem.

"Doe rustig aan. Het is positiever om je fout of laster te bewijzen. Door hem te doden zonder enig bewijs van je onschuld te leveren, zou je niets verwachten.

"Welk bewijs kan ik leveren als ik er niet meer heb?

'Ik weet het niet. Daarom zeg ik je dat je je geheugen moet laten werken.

Frank zat te piekeren. Hij begreep de redenen van de sheriff, die zich nu eerlijk en loyaal met hem gedroeg, en martelde zijn hersens om hem niet alleen te helpen bij zijn management, maar ook in zijn eigen voordeel.

Plotseling sprong hij op de stoel, stond op en riep uit:

'Luister, ik ga die test proberen, maar niet nu. Misschien was het niet alleen voor mij, maar voor Hamson, en ik wil hem helemaal niet helpen. Vroeger wil ik zijn spel kennen en pas als ik ervan overtuigd ben, kan of kan ik er een bijdrage aan leveren. Het is iets heel onwaarschijnlijks en om dezelfde reden dat ik kan falen, vertel ik het je niet. Laat hem geloven wat hij wil en zijn tong gebruiken zoals hij dat nodig acht. Op een dag zal ik hem erin laten bijten en zichzelf ermee laten vergiftigen.

'Je hebt het mis om het me niet te vertellen, Frank. Ik laat je zien dat je je als een vriend moet behandelen.

"En ik waardeer het omdat je geen idee hebt, maar ik wil niet het risico lopen te mislukken en je laten twijfelen dat het de epiloog was van een verhaal dat al te veel vluchten neemt. Als ik dat bewijs kan leveren, ben jij de eerst om het te weten, dat beloof ik je.

"Nou, ik zal mijn ontslag moeten indienen. Het slechte is dat we op deze manier niets kunnen bereiken en Hamson brandstof op het vuur zal gooien en het erg krap wordt. Ik ben bang dat ik op een dag boos op hem zal moeten zijn, wat net zo erg zal zijn als boos zijn op de functie, en als ik hem toesta... denkt hij dat hij iemand van zijn merk zal aanstellen om zijn plannen te ondersteunen en geef je veel te doen.

'Ik hoop van niet. Houd stand en vertel hem dat je aan de zaak werkt. Ik hoop dat het niet veel dagen zal duren voordat hij hem die test geeft of... om te falen en dan...

En met een spottend gebaar verliet hij de kantoren.

Nadat hij het kantoor van de sheriff had verlaten, besloot hij door de stad te lopen, te komen opdagen, oude vrienden op te bouwen en de publieke opinie aan te boren. In drie jaar afwezigheid kunnen er dingen zijn gebeurd die hij niet wist en wilde weten van het klimaat van de bewoners, om precies te weten op welke mogelijkheden hij kon rekenen toen hij zijn offensief tegen Hamson begon.

Hij ging rechtstreeks naar de bar van Oliver Kukon, het meest fatsoenlijke openbare etablissement in de stad, waar kooplieden en industriëlen elkaar ontmoetten om te dobbelen of te pokeren en van gedachten te wisselen over de marktsituatie, of een beetje te roddelen over de kleintjes. lokale incidenten.

Het schemerde, de lichten van het etablissement begonnen te schijnen tegen de blauwe duisternis die over de stoffige weg hing, en de klantenkring, hoewel niet erg talrijk, was overvloedig.

Zodra hij door de deur stapte, ontdekte hij verschillende bekende gezichten. Pat, de kapper, die als hij geen klant aan zijn handen had, zich snel over de opening zou haasten om zijn keel te doorweken of op het glas naast de dobbelstenen te gokken; de smid, die zijn etablissement al had gesloten; Meneer Wilker, de apotheker, onmiskenbaar vanwege zijn lange, spitse neus en bril die opstandig worstelde om op de glijbaan te spelen; Jackson, de eigenaar van de fournituren naast de bar, en verschillende andere klanten die hem nu, toen hij hen opnieuw confronteerde, deden vergeten dat hij drie jaar afwezig was geweest.

Hij ontdekte ook twee voormalige mannen van de boerderij van Hamson met wie hij vriendschappelijk had samengewoond en anderen met wie hij minder vaak omging, maar die geen vreemden voor hem waren.

Frank verwachtte van iedereen een warm welkom. Het was niet dat hij dacht dat ze zouden huilen van emotie toen ze hem weer onder hen zagen, maar hij geloofde wel dat zijn oude vriendschap hem het recht gaf om van iedereen een stevige handdruk te verwachten en een tijdje gezellig te kletsen, een interesse in hun avonturen. .

Zijn verbazing was groot en pijnlijk, toen er na zijn uitbundige begroeting een droog en zacht algemeen antwoord en enkele geforceerde gebaren volgden, om te rechtvaardigen dat elk van hen niet expressiever met hem was.

Degenen die nerveus speelden, gaven commentaar op het verloop van het spel; De twee mannen verhieven hun stem en veinsden een argument dat niet bestond en dus negeerde iedereen Frank, die midden in het etablissement stond en niet wist welke houding hij aan moest nemen.

De situatie was zo gewelddadig dat hij elk van de oren wilde grijpen en ze als opstandige konijnen wilde schudden, en vervolgens een daverende klap achter de ooraanhangsels wilde geven.

Rustig liep hij naar de toonbank, ging voor de eigenaar staan en riep uit:

'Goedenavond, Oliver. Wat is hier aan de hand? Zijn er zieken, of zijn mensen het gevoel voor onderwijs kwijt?

Oliver, een beetje verward, antwoordde:

"Hoi Frank. Nee... Er is geen zieke... anders... ik weet het niet... Mensen zijn al lang een beetje afgeleid. Er zijn veel zorgen...

En heel weinig fatsoen. Geef me een glas whisky.

Oliver haastte zich om hem te dienen terwijl hij hem vanuit zijn ooghoek serieus aankeek. Je kon zien dat ook hij bezorgd was en ten prooi viel aan dezelfde nervositeit die iedereen teisterde.

Frank nam het glas, pakte het met zijn rechterhand, draaide zijn rug naar de toonbank, leunend tegen de zelfgenoegzame, en met de hak van zijn hoge laars op de voetbalk, dwaalde hij zijn vragende blik rond.

Zijn scherpe ogen zagen de verwarring die iedereen beheerste. Ieder nam een houding aan die hem zo plaatste dat hij hem niet hoefde te confronteren en wie dit niet kon bereiken had zijn hoofd over de kaarten of een bril gebogen en zijn ogen gluurden, alsof hij observeerde zonder te worden waargenomen.

Frank, raadselachtig glimlachend, onderzocht een voor een in stilte. Het leek alsof hij in hun gebaren en houdingen probeerde af te lezen hoeveel minachting ze voor hem voelden en misschien de reden die hen dwong om het op die laffe manier te tonen.

Hij wist de reden niet, hoewel hij vermoedde dat het in Hamsons invloed lag en misschien in zijn theorieën om hem te willen betrekken bij de tragische aanval op de stagecoach van Missouri, maar hij zou dankbaarder zijn geweest voor een gezichtsaanval, de grofheid van een viriele beschuldiging, onjuist of waar, dat dat onfatsoenlijk en gebrek aan alle mannelijkheid.

Opeens voelde hij zich kroeshaar. Niet zij, maar hij bevond zich in een gekleineerde situatie en greep met een vlaag van woede het glas vast dat hij vasthield met zijn pezige vingers en sloeg het woedend tegen de grond terwijl hij schreeuwde:

"Nou, heren, ik wacht op een verklaring!

Een doodse stilte volgde op het gedempte gekraak van het glas tegen het platform van de vloer. Het spel werd afgesneden, de drinkers lieten hun glazen zachtjes op het tafelblad staan om geen lawaai te maken, en tientallen ogen, waarin verbazing werd weerspiegeld, keken elkaar vragend aan, niet struikelend over Franks vurige en vurige .

De laatste, die zag dat niemand zijn vraag beantwoordde, kwam koeltjes naar voren en zei:

'Ik wacht op een antwoord, heren.

James Lawson, de eigenaar van een houtzagerij, misschien wel de meest onbeschofte en minst timide van allemaal, meende dat er directer op hem werd gezinspeeld toen hij merkte dat Franks ogen, die zich omdraaiden, op hem gericht waren en opstonden, riep hij uit:

'Je bedoelt iets specifieks, Frank?

Hij glimlachte ontwijkend en antwoordde:

'Nou, godzijdank is er zelfs één die minder laf blijkt te zijn dan de anderen. Inderdaad, meneer Lawson, ik verwijs naar iets specifieks: ik ben hier drie jaar weggeweest; Ik vertrok in oprechte vriendschap met iedereen of bijna iedereen die aanwezig was, en nu, als ik terugkom en je weer ontmoet, merk ik dat ik, in plaats van die warmte van vriendschap te vinden die ik verliet toen ik wegging, werd begroet als door toewijding en zelfs met afschuw. Ik denk dat ik het recht heb om hen te vragen waarom, ook al kan het me later niet schelen waarom.

Lawson antwoordde op een ongrijpbare manier:

'Ik denk niet dat je van mensen kunt verwachten dat ze een eeuwige vriendschap onderhouden als ze van mening zijn dat het niet goed voor ze is om dat te doen.

"Inderdaad, ik pretendeer noch wens het, wanneer het niet uit het hart is geboren, maar ik voel me verplicht om degene die tot gisteren mijn vriend was, te vragen waarom hij is opgehouden een vriend te zijn terwijl er geen reden voor was.

"Denk je dat dat niet zo was? Frank, je kent ons allemaal. Hoewel ik op dit moment voor mezelf spreek, geloof ik dat ik de gevoelens van anderen interpreteer. We zijn altijd hartelijk geweest in onze vriendschappen, maar toen iemand het niet meer verdiende, we hebben niet geprobeerd het eraf te schieten. Gewoon stoppen met het cultiveren ervan is genoeg. U gelooft dat er geen reden is en wij geloven dat die er is ... tenminste totdat u ons van de fout laat vallen.

'Toen je wegging waren er specifieke beschuldigingen tegen je. Misschien waren ze niet zo specifiek dat ze het verdienden om alle sheriffs van het Westen te mobiliseren om je hier te brengen om voor hen verantwoording af te leggen, maar je werd erg ondervraagd, en nu, wanneer je na verloop van tijd terugkeert, kom je niet alleen niet om dat uit te wissen , maar je ziet jezelf gemengd in zo'n duistere zaak.

«Er is ook geen bewijs tegen u in deze, maar u hebt ook niet als zonlicht duidelijk gemaakt dat er geen verdenking kan zijn. Iedereen heeft zijn gevoeligheid en wanneer ze geloven dat een persoon niet voldoet aan de morele voorwaarden die ze redelijk achten om hun vriendschap te cultiveren, verlaten ze hen en ... dat is alles.

Er was een moment van enorme verwachting onder de gevestigde orde toen ze de oude zager zich hoorden uiten met die ruwe maar verstandige vastberadenheid waartegen geen ruimte was voor uitingen van geweld.

Frank luisterde naar hem met opeengeklemde tanden, zijn ogen op de hare gericht. Hij nam de bittere lepel met zoveel mogelijk slijm in ontvangst, hoewel in zijn borst een gloed van woede brandde, niet tegen de gesprekspartner, maar tegen degene die het stokje van wantrouwen en minachting had aangestoken.

Toen Lawson klaar was met spreken, antwoordde Frank kalm:

'Hartelijk dank voor uw openhartigheid, meneer Lawson. Ik wil de redenen toegeven die u mij geeft om uw houding te rechtvaardigen, namelijk die van alle aanwezigen en misschien die van degenen die dat niet zijn. Welnu, ik kan op dit moment geen enkele reden tegenspreken, maar je vergeet dat mijn vijand, ondanks zijn oude haat, niets heeft kunnen weerstaan dat zijn wraak kan bevredigen en je ertoe kan brengen zo te denken. Ik weet waar de klap vandaan komt en ik pas het als een perfecte vechter die ik ben.

«Ik kan je je kinderlijke goedgelovigheid niet kwalijk nemen en vooral omdat je, mijn geschiedenis en die van mijn familie vergetend, me in staat achtte om onedele daden te plegen en mezelf met cynisme voor je neus kwam presenteren. Daar hun geweten op het moment van besef, wederzijdse verantwoording van hun fouten. Van mijn kant wil ik alleen zeggen dat ik geen rekening hou met die onverdiende minachting. Er zijn nog vele dagen van strijd over, veel dingen om op te helderen en veel dingen om te weten, maar ik zal je zeggen dat de dag dat dingen duidelijk worden en ze zullen worden opgehelderd omdat ik de eerste ben die er interesse in heb, kom niet naar excuses aan mij. Bij Judas, doe het niet, want de eerste die het komt doen, zal ik vijf kogels in hem schieten omdat hij dom is!

«Ik ben blij dat deze situatie zich heeft voorgedaan, want het bespaart me nieuwe blos waarvan ik niet weet hoe ik zou kunnen passen, maar hoor dit: ik ben gekomen om te vechten en ik zal vechten. Je hebt je laten domineren door degene die je uitbuit en je criteria oplegt en de dag zal komen dat je je schapengedrag zult realiseren. Ik ben een vrij man die geen voogdij toegeeft en ik zal ze van zich afschudden. We gaan leuke tijden beleven in deze stad en ik zal niet de minste zijn om te lachen als die zich voordoen. Hartelijk dank, meneer Lawson, voor uw eerlijkheid.

"We zullen de kans krijgen om het onderwerp opnieuw te bespreken, maar als ik degene ben die hen moet vernederen, hoe hebben ze geprobeerd mij te vernederen, om ze tragischer en vooral reëler uit te lachen dan die stomme beschuldigingen.

Hij draaide zich om naar de toonbank, gooide een paar munten op het blikje en draaide zich om, klaar om de bar te verlaten, ongemakkelijk gevolgd door de vluchtende blikken van alle aanwezigen.

De woorden van de jongeman hadden hen verward en in verlegenheid gebracht. Er was terughoudendheid en acceptatie in hen, maar ook heimelijke vastberadenheid en agressiviteit, zoiets als een verborgen vezel van vertrouwen en zelfverzekerdheid waardoor hij de onbevestigde geruchten die aan hem waren toegeschreven, verachtte.

Even keken ze elkaar verward aan, alsof ze zich afvroegen of ze echt gelijk hadden gehad om zich zo met hem te gedragen of dat ze integendeel een van de grootste en meest onvergeeflijke wreedheden van zijn leven hadden begaan.

Maar er was geen remedie meer. De vriendschap was verbroken en volgens Franks waarschuwing kon hij zich niet meer inhouden.

Tegen de tijd dat Frank de deuropening bereikte, kwam er een gestalte tussen, die hem dwong een paar stappen achteruit te doen. Het was Dennis, en Frank, ondanks zijn woede die hem zorgen baarde, ontdekte tot het punt dat hij dronken was.

Dennis was niet bepaald dronken, maar hij was onder de opwinding van alcohol.

Hamsons harde woorden, Sylvia's kille en een beetje minachtende houding en een beetje besef dat hij zich in een verkeerde positie bevond na het incident bij het postkantoor, dwongen hem de opgelopen verontwaardiging uit te wissen en, zoals hij wist, minder riskant en vastberaden dan zijn rivaal, koos hij ervoor om zijn waarde te vergroten in de valse en kortstondige moed die alcohol leent.

Dennis had meer gedronken dan nodig was in enkele van de plaatselijke tavernes waar hij naar op zoek was, Frank, en terwijl hij zijn maag met alcohol vulde, vulde zijn hoofd zich met agressieve dampen en zijn woorden namen tonen van geweld en agressiviteit aan.

Waar hij ook kwam, hij schepte op dat hij de hele middag naar Frank had gezocht om hem met zijn vuisten los te maken, totdat iemand die de jongeman Olivers bar had zien binnenkomen, hem vertelde:

'Als je hem echt wilt ontmoeten, hoef je niet lang te rennen. Ik zag hem een tijdje geleden Kukon's bar binnenlopen. Daar vind je het zeker.

'Dank je,' mompelde Dennis. Ik ga kijken of het waar is of dat hij weet dat ik naar hem op zoek ben en dat hij als mieren in een hol verstopt zit.

En met een aarzelende stap ging hij naar de bar.

Toen Frank hem zag, vermoedde hij dat hij zou komen met een verlangen naar wraak en glimlachte expressief. Hij had er geen gunstiger moment voor kunnen kiezen, gezien zijn gemoedstoestand.

Onbewogen staarde ze hem aan en Dennis, die een stap naar voren deed, riep hees uit:

'Wat is er met je aan de hand, Frank? Je lijkt me aan te kijken alsof je bang voor me bent. Ongetwijfeld denk je dat je me nu niet overrompeld zult hebben zoals gisteravond en je bent er niet zeker van dat je net zo succesvol zult zijn als toen.

Ze keken allemaal verbaasd naar Dennis. Ze zagen hem niet als een vechtlustige man, laat staan om Frank uit te dagen, en een gevoel van ziekelijke nieuwsgierigheid overspoelde hen.

Frank antwoordde minachtend:

"Luister, Dennis. Ik ben een man die door niemand bang is geweest, en zeker niet een nutteloze en slungelige kerel zoals jij. Ik begrijp dat alcohol je moedig maakt en ik zou het gevoel hebben dat mensen zouden zeggen dat ik misbruik had gemaakt van je minderwaardigheid om u een zware straf te geven.

«Als je echt naar wraak verlangt, en ik zorg ervoor, omdat je niet erg gracieus had moeten zijn voor die Hamson-pad en minder voor Sylvia, slaap dan de dronkenschap en als je bij je volle verstand bent en meet uw waarde zonder valse opschepperij, u zult mij tot uw beschikking hebben voor wraak.

Dennis lachte hees en zei:

'Dat vind ik eng, Frank! Laatst was ik sereen zoals je zegt en je verspilde geen tijd met praten. Je bent op de zaken vooruitgelopen voor het geval dat. Ik ontken niet dat ik een paar drankjes heb gedronken, maar het was niet om moed te putten, maar om je niet te vervelen terwijl je tevergeefs probeerde je te vinden.

Frank, ongeduldig, antwoordde:

'Oké, ik wilde ieders ogen behoeden voor iemand die me opnieuw valselijk beschuldigde. Als je denkt dat je geschikt bent om te vechten, sta ik tot je dienst.

'Dus onterecht, hè?' Dennis gromde en grijnsde stom. Wil je ontkennen dat je samen was met je partner en dat je Hamsons buit deelde? En denk je dat mensen...?

Frank, geërgerd door de herhaling om hem te beschuldigen van die overval waaraan hij geen deel had genomen, kon de woede-uitbarsting die hem overheerste niet bedwingen en strekte zijn vuist op een fulminerende manier uit, legde hij die op de nog tere mond van Dennis, hem dwingend een verschrikkelijke schreeuw van pijn uit te stoten.

"Domme aas! Zoon van een wolf! "Brulde Frank." Corrigeer die laster die je nu uitkraamt, of bij Judas, ik zweer dat ik je de mond zal snoeren! Doe het, Dennis, doe het of ik maak je kapot! '

Dennis, woedend door de klap die hij kreeg en aangemoedigd door de koppigheid van alcohol, bracht zijn hand naar zijn mond, trok hem vol bloed terug en zijn ogen roodachtig van woede, en flapte eruit:

'Ik corrigeer niets, verdomme, jij vuile struikrover! Raak als je kunt, maar ik maak je voor altijd ongedaan en je zult nooit meer mijn nachtmerrie zijn. Je bent gekomen om Sylvia van me te stelen en je haalt het niet.

Dennis, verheven, bewoog, op zoek naar een manier om zijn vuist op Franks gezicht te drukken, maar Frank, koud en sereen, ontweek hem gemakkelijk en gaf de klappen contant terug, brullend:

'Corrigeer, Dennis, corrigeer of ik blaas je mond eraf! ...

Dennis kreeg de klappen op zijn tanden, verdroeg de pijn van de verschrikkelijke vuisten, en hij sloeg woedend in een poging goed te antwoorden, terwijl hij gromde:

"Nee! ... ik corrigeer niet! Schutter! Rover!...

Bij elke belediging deed Frank, meer gek, zijn verschrikkelijke slagen uit en het gezicht van zijn rivaal was iets dat hij oplegde, zonder dat Dennis de pijn leek te merken.

Plotseling voelde hij zich in de borst geslagen, boog hij brullend als een tijger naar voren en leunde pijnlijk een moment besluiteloos achterover, met roodachtige ogen en twee vreselijke paarse kringen om hen heen, en toen zakte zijn rechterhand in In zijn jaszak en in zijn hand , verscheen er een enorm mes, dat een moment sinister glinsterde en toen fel naar Franks borst zocht, zonder Dennis, toen hij aan de sterfelijke reis begon en de brute klappen die hij kreeg op zich nam.

Frank, die zich realiseerde in welk vreselijk gevaar hij verkeerde, sprong abrupt achteruit om de sterfelijke trip te vermijden, op het punt om uit te glijden, maar met een krachtige verstuiking kwam hij overeind en strekte zijn arm uit.

Zijn behendigheid slaagde erin Dennis' fel zwaaiende mes vast te pakken en met zijn gecultiveerde krachten pareerde hij niet alleen de klap, maar verdraaide hij Dennis' arm zo dat de boer zich kronkelend op zijn knieën boog als een wijnstok.

Frank bleef hem tegen de grond drukken, en toen hij hem weerloos tegen de grond hield, spreidde hij zijn arm en langzaam, genietend van de afschuwelijke prestatie, begon hij Dennis' arm te buigen totdat de punt van het mes zijn keel dreigde.

Een collectieve schreeuw van afschuw steeg op uit de kelen van alle aanwezigen. Ze begrepen dat Frank was uitgedaagd door Dennis en dat Dennis sluw het mes had gehanteerd, waarbij hij alle sportregels in het gevecht had ontweken, maar zijn fysieke minderwaardigheid was zo duidelijk dat dat doel, meer dan het resultaat van een inspanning in het gevecht, een koelbloedige moord.

Het was Lawson die onstuimig opstond en brulde: '

"Frank, nee, verdomme! Dat is niet nobel!

Frank aarzelde even; Hij keek op een speciale manier naar Lawson en kneep woedend in Dennis' onderarm, waardoor hij het mes moest laten vallen.

Hij nam het met de andere hand en stond op, kruiste zijn armen voor zijn vijand, die, half vernietigd, op de grond bleef zonder de kracht om op te staan.

Toen riep hij op minachtende toon uit:

'Dennis, je bent een idioot die denkt door te dicteren. Ik moet je vermoord hebben voor een imbeciel en als ik dat niet heb gedaan, is dat omdat ik weet dat jij het niet was, maar de whisky die je lanceerde om mij uit te dagen. Ga weg, ga weg en zet jezelf nooit meer voor mijn neus, als je niet wilt dat ik je echt ongedaan maak.

'Op een dag zullen we over deze beledigingen praten en zowel jij als dat varken Hamson zullen me de schade betalen die je me probeert aan te doen.

Dennis stond onbewust op, en meer vernederd dan ooit, kroop naar de deur en verdween uit de bar.

Frank legde het mes weg en, starend naar de klanten, was ook afwezig. Hij had hun het bewijs van zijn ridderlijkheid gegeven door Dennis niet te doden, zoals zijn recht was. Het kon hem niets schelen wat ze van zijn actie vonden.

Het is waar dat hij in de uitbarsting van woede op het punt stond niet te stoppen toen hij de arm van zijn rivaal boog, maar een gevoel van adel hield hem tegen.

Eén ding diende als een verzachting voor de woede. Stel je voor het azijngebaar dat Hamson zou maken als hij het einde van het avontuur ontdekte en de bitterheid en wrok die Sylvia zou ondergaan als ze het nieuwe falen van haar stomme verloofde zou kennen.

Maar dit bevredigde Frank niet helemaal. Zijn zelfrespect, zijn waardigheid en zijn eerlijkheid waren gekwetst en in het geding. Het was duidelijk dat ze het hem aan de bar hadden laten weten en hoewel zijn geweten zuiver was, kon hij de bitterheid niet vermijden dat hij zichzelf zo onterecht beschuldigd had van Hamsons wreedheid en haat.

Maar iedereen zou aan de beurt zijn. Dennis had er al een deel van gehad, dan was het de beurt aan de godvrezende bankier die hij veel lager moest vernederen dan hij had geprobeerd hem te vernederen, en dan...

Hij voelde geen haat jegens Sylvia, maar wrok tegen haar welbespraaktheid, maar hij voelde wel de drang om haar een diepgaande les te leren zodat ze zou beseffen dat ze in haar dwaze ijdelheid het ergste had gekozen, minachtend, niet alleen haar geluk , maar ook beschermd voelen. voor een hele en eerlijke man als hij was.

HOOFDSTUK VII

DE VERRASSING VAN DE REDDING

's Nachts kon Frank niet slapen. Hij werd gekweld door het geweld van de situatie en vroeg zich af wat hij zou kunnen proberen om er een oplossing voor te vinden. Plotseling kwam de aflevering van de vlucht van de outlaw in hem op. De leren tas die door de riem was gespleten en in de modderige Missouri-stroom zakte, bloeide weer in zijn verbeelding, en hoewel hij niet erg zeker was van zijn idee, was hij van plan om die volgende ochtend naar de rivier te gaan en naar de bodem te duiken in de waanzinnige hoop dat hij in staat zijn om de tas te lokaliseren.

Ze zou niet te veel vertrouwen moeten hebben om hem te vinden. De rivier, die het bronalluvium meesleepte, droeg die dagen veel water en het had het kunnen meeslepen, God wist waarheen.

Alles hing af van zijn gewicht. Als het meeste geld uit papier bestond, zou de zak de kracht van het water niet hebben kunnen weerstaan en zich als een blok hebben laten slepen; maar als het grootste deel van de inhoud uit goud bestond, zou het misschien door zijn buitensporige gewicht in het slib van de rivier zijn gezonken, waar het met meer of minder geduld zou kunnen worden gevonden.

Hij ergerde zich aan het idee dat hij precies degene was die het geld aan Hamson teruggaf. Tegen alles wat hij aanvoerde, zou het verlies op hem moeten berusten, maar bij gebrek aan beter bewijs voor zijn onschuld, zou dat hem kunnen bevrijden van de onrechtvaardige kaalheid die op hem drukte.

Zodra de dageraad aanbrak, besteeg hij zijn paard en zonder opgemerkt te worden, zette hij koers naar de rivier. Een ochtendbad zou geen kwaad kunnen, zelfs als hij niet kon vinden wat hij zocht.

Toen hij eindelijk de kust van de Missouri bereikte, stopte hij met het bestuderen van het terrein. Hij mag niet gedesoriënteerd raken, op zoek naar de dichtstbijzijnde plaats waar de overvaller is gevlucht, anders zou hij zijn tijd jammerlijk verdoen.

Eindelijk herinnerde hij zich een detail dat hem zeker zou leiden. Toen het zwarte paard zijn benen op de zachte kust hield, had Frank onbewust een boom opgemerkt met verwrongen takken, waarvan de stam, heel laag, op ongeveer anderhalve meter hoogte splitste en twee gevorkte armen vormde die ze recht omhoog gingen.

Al snel ontdekte hij de boom en verheugd trok hij zijn kleren uit en sprong in het water.

De stroming was niet erg krachtig. De Missouri had turbulente tijden en tijden waarin het ongevaarlijk was en hoewel het nog geen midzomer was dat de huidige helft opdroogde, mocht de stroom van water een zwemmer als hij niet afschrikken.

Het enige dat hem dwarszat, was dat hij die vuile en modderige vloeistof moest inslikken die de van de oevers gescheurde aarde en de grassen en takken die in de boezem in de stroom vielen, meesleurde, maar hij kon er niet omheen en zonder aarzeling maakte hij zijn geest.

Hij zwom naar de overkant en toen hij zich voor de boom bevond, zonk hij gracieus, zoekend naar de bodem. In dat deel vond hij hem amper twee meter verderop, en bewegend als een vis, stak hij zijn handen in de modder, verlangend naar de leren zak.

Als zijn samengetrokken longen het niet langer aankonden, kwam hij met een hak naar de oppervlakte om adem te halen en opnieuw stortte hij zich vastberaden in, bereid zijn project niet op te geven totdat hij ervan overtuigd was dat de tas in feite kon niet in een ruimte van drie of vier meter zijn ten opzichte van de plaats waar hij hem zag vallen. Het was koppig werk dat een half uur tijd in beslag nam. Om de paar minuten kwam hij puffend als een zeehond uit het water, zijn gezicht en handen modderig, maar zodra zijn longen weer normaal werden, wierp hij zich opnieuw op de bodem, bereid niet verslagen te worden door de weigering.

Totdat, ten slotte, toen de wanhoop hem in zijn greep kreeg en hij klaar was om de vermoeiende taak op te geven, zijn handen struikelden over een voorwerp, dat hij gretig vastpakte, want de lucht begon al op te raken, en met een harde klap rees hij op. .

Een triomfkreet ontsnapte uit zijn borst toen hij de felbegeerde zak herkende tussen de laag modder die hem bedekte, en ermee zwemmend bereikte hij de oever waar hij zijn paard had achtergelaten, al behoorlijk goed van zijn verwrongen been.

Hij zette hem op de grond, ging in de zon zitten happend naar lucht, en toen hij zich enigszins uitgerust voelde, doopte hij de zak in de stroom totdat hij schoon was van al het vuil dat hem misvormde.

Daarna bekeek hij hem zorgvuldig. Het jasje met de initialen WM en de naam "Banco Ganadero Nirvay" lieten geen ruimte voor twijfel.

De mond was hermetisch gesloten met een fijne maar resistente draad en de uiteinden van de draad leken verloren te gaan in een verpletterd loden zegel, wat elke schending van de inhoud verhinderde.

Wat betreft het gewicht, hoewel het niet overdreven was, was het behoorlijk zwaar. Het moest minstens drie- of vierduizend dollar in goud bevatten en de rest in papier.

Frank was blij met de vondst en vroeg zich af wat hij met de tas moest doen.

Nu had hij er spijt van dat hij de details niet had verteld toen de sheriff hem ondervroeg. Het was als een persoonlijk geheim bewaard gebleven, en als hij het nu teruggaf, tot welke opmerkingen zou de teruggave kunnen leiden?

Mogelijk zouden ze oordelen dat hij berouw had gehad na de overval en dat hij, ten koste van het terugbrengen van de tas en de inhoud, probeerde te vermijden dat ze hem bij latere onderzoeken vollediger zouden kunnen beschuldigen en naar de gevangenis zouden kunnen brengen, en wie weet of hij werd opgehangen.

Zijn situatie was nu slechter dan voorheen. Hij had het bewijs van de misdaad, hij was het die het alleen wist en het gestolen bedrag in zijn bezit had.

Een schaduw van twijfel bedekte zijn ogen. Hij vroeg zich af of het niet beter was om de zak terug in de stroming te dompelen, niet aan de kust, maar in het midden, waar niemand hem kon vinden. Het zou kapitaal zijn dat voor altijd verloren zou gaan, maar het zou zijn toch al gecompliceerde situatie niet verder compliceren.

Na een moment van kwellende onzekerheid besloot hij zich te ontdoen van die zak die zijn vingers brandde als een gloeiende kool. Het was beter om de dingen te laten zoals ze waren en ze niet in je eentje ingewikkeld te maken.

Als de outlaw zijn zak had verloren, jammer voor hem ... maar waarom, als hij het verlies besefte, had hij niet geprobeerd wat hij had en was hij teruggekomen om ernaar te zoeken?

Omdat hij zichzelf aan zoveel blootstelde voor de diefstal van die verdomde zak, was het minste wat hij had kunnen proberen zijn losgeld. Dit maakte zijn tegenstrijdige gedachten alleen maar ingewikkelder.

Er waren details die niet op elkaar rijmen en er werd niet uitgelegd waarom.

De geest van de ongewensten was niet erg subtiel door een gebrek aan opleiding en oefening.

Ze hebben een misdaad begaan uit hebzucht of noodzaak en geen enkel detail of gevaar hield hen tegen dat ze niet geloofden dat ze in staat waren om terug te gaan met een revolver in hun hand, en als dat zo was, werd niet uitgelegd dat ze niet in zoeken naar de schat, hoewel hij dat misschien niet zou hebben gedaan uit angst dat zijn achtervolger, die zag dat de zak in het water was gevallen, zou proberen hem als lokaas tegen hem te gebruiken als hij terugkwam om hem te zoeken.

Hij was vastbesloten om het terug te brengen naar de rivier, toen hij het laag in zijn handen nam, er druk op uitoefende en hij even werd geschorst. Touch had hem iets heel vaags verteld, maar net genoeg om de actie te stoppen.

Wat was het geweest? Frank concentreerde zich op zichzelf en drong nogmaals aan om te verduidelijken waar het over ging.

Hij besefte het al snel. Boven het lichaam had hij iets hards gevangen "ongetwijfeld de patronen met gouden munten", maar de aanraking kwam in opstand om het te accepteren. De vorm van die cartridges leek niet de gebruikelijke in zo'n klasse munten.

Koortsachtig bleef hij in alle richtingen tasten, en hoe meer hij met de harde voorwerpen in de mysterieuze zak rommelde, hoe meer hij ervan overtuigd raakte dat het geen ingepakte patronen met munten waren, zelfs geen kleingeld. Het was iets anders dat hij niet kon analyseren.

En een subtiel vermoeden verving de twijfel. Er werd gezegd dat er veel vreemde details rond die gebeurtenis waren en daar werd hem een getoond die naar zijn mening het raadsel van wat er gebeurde nog groter maakte.

Met zijn onstuimigheid reikte hij naar het mes en drukte het op het leer om het te scheuren. Hij moest uit de twijfel komen en hij was geen man die het lef had om een situatie te verlaten waarin hij een mysterie kon ophelderen.

Maar het momentum maakte plaats voor een oproep uit gezond verstand. Op het moment dat hij de zak voor eigen rekening en zonder getuigen opende, had niets wat later zou kunnen gebeuren enige waarde. Alles kon het product zijn van zijn inventiviteit en het was niet iets dat bij hem paste.

De beste maatregel was te galopperen op zoek naar Lang, hem van alles rekenschap te geven en hem de zak in handen te geven en hem als getuige te nemen om hem te openen.

Misschien zou de sheriff dit weigeren, in welk geval hij niet preuts zou zijn en hem voor zijn ogen zou neerslaan en dan zijn getuigenis zou inroepen.

Zonder verdere aarzeling kleedde hij zich aan, besteeg zijn paard, verborg de zak en ging naar het dorp.

Toen hij bij Langs kantoren aankwam, was Lang bezig met het doornemen van verschillende berichten die hij had ontvangen van sheriffs in de steden die zich uitstrekten tot beide divisies. Niemand had een vreemdeling op een zwart paard zien rijden, aangezien het voor hen niet gemakkelijk was hem te zien als hij die kant op was gegaan.

Toen hij Frank ontdekte met een gewone knobbel die hem onder zijn jas verborg, vroeg hij:

Wat is er, Freek? Wat verberg je in godsnaam met zoveel mysterie onder je jas?

"Nou ... ik weet niet hoe ik het moet kwalificeren, maar je zult meteen oordelen als ik je iets vertel dat ik onlangs exclusief heb bewaard omdat ik dacht dat het een triviaal iets was dat iets uit een roman zou lijken om te vertellen U zult zich herinneren dat ik ging proberen om bewijs in mijn voordeel te vinden. Wel, ik heb het gevonden en ik kom het u brengen.

En terwijl hij zijn jas opendeed, liet hij de verbaasde ogen van de sheriff het leren jack zien.

Toen Lang besefte waar het allemaal om ging, riep hij uit:

'Voor honderdduizend dollar, Frank! Waar heb je dat verstopt?

Frank antwoordde glimlachend:

'Kijk me niet zo aan, Lang. Hij had het nergens verstopt. Ik kwam van hem te redden van waar hij viel en het kostte me een half uur om wat modder te slikken om hem te vinden.

En kort en bondig vertelde hij haar het detail van het verlies van het leren jack dat was stilgevallen, bijna zeker dat de stroming het had weggesleept.

De sheriff pakte de zak en bekeek zorgvuldig de riem. Het was inderdaad op een eigenaardige manier gespleten en hij aarzelde niet om toe te geven dat de kogel het leer had kunnen splijten.

"Nou jongen", zei hij, "dit kan voor jou beslissend zijn ... Ik ontken niet dat iemand de waarheid van de bevinding in twijfel trekt, het is een beetje fantastisch, maar de realiteit is dat Hamson zijn vijftigduizend dollar terugkrijgt, hoewel met het, arme Jasper komt niet weer tot leven.

"Wat is jouw idee?" vroeg Freek.

'Bel Hamson, geef hem de zak en vertel hem hoe hij door jou is gered.

"Ik weiger helemaal niet," antwoordde de jonge man resoluut. Hamson zal deze zak niet zien... tenminste totdat we de inhoud hebben geopend en onderzocht.

"Ben je gek?" vroeg de sheriff. Wij zijn niet degene die dat doet. De zak heeft het zegel intact en moet dus worden teruggegeven aan de eigenaar.

'Hem dwingen om het in zijn aanwezigheid te openen?

"Waarom, als je dat niet wilt? Zodra je de tas herkent als de jouwe en ook tevreden bent met het feit dat hij er intact uitziet, hoeven we je niet te dwingen ons de inhoud te laten zien. Dat is aan hem en zijn bedrijf.

'Denk je van wel? Nou, ik niet.

"Omdat het veroorzaakt?

"Voor een heel eenvoudige. Heeft u wel eens cartridges met gouden munten in uw handen gehad?

"Niet veel, maar soms wel. Ik was een ranch voorman en behandelde veel geld namens mijn werkgever.

"Je moet dus op de tast herkennen wat een muntcartridge is en wat niet.

"Van nature.

'Nou, voel alsjeblieft goed aan die harde voorwerpen die de zak bevat en vertel me of je denkt dat het cartridges met munten kunnen zijn.

De geïntrigeerde sheriff gehoorzaamde de suggestie van de jonge man en na ontelbare keren op het leer te hebben getast en gepeild, mompelde hij zacht:

'Je brengt me trouwens aan het twijfelen, Frank! Nee, ik kan niet zeggen dat ze voor mij op muntcartridges lijken!

"Nou, als ze dat echt niet zijn, wat zit er dan in godsnaam in deze verdomde zak?

'Ik weet het niet, Frank... ik zweer dat ik gedesoriënteerd ben.

'Ik niet, hoewel ik misschien slim ben. Luisteren naar dit; Hamson bazuinde dat de zak vijftigduizend dollar aan goud en papier bevatte, als het ze niet bevat, wat gebeurt er dan?

" Hell's Bells! Waar ga je stoppen?

"Gewoon, want dan is het fraude.

'Voor honderdduizend paar koeienhoorns, Frank! Wil je me gek maken?

"Niet. Ik wil dingen verduidelijken. Ofwel bevat het wat Hamson heeft verklaard, of niet. Als het goud is, anders dan in klompjes, kan niet worden toegegeven dat het anders is en als het dat niet is ... de mogelijkheden die zich voor u als sheriff openen zijn enorm, want in zo'n geval gaat het niet alleen om fraude, maar om iets tragischers.

"Ik snap het niet.

'Je zult me begrijpen. Als de tas op een bestemming aankwam met iets dat niet is aangegeven, moest iemand de schuld op zich nemen voor een verandering en ... het kon niet meer zijn dan arme Jasper en als je niet het risico wilde lopen dat de tas zou aankomen met wat erin staat, om veel complicaties te voorkomen, dan weet de belanghebbende zelf veel meer dan ik van de aanslag op de stagecoach en de dood van Jasper.

«Om deze reden wilde ik de tas niet aanraken, maar hij lag voor je en daarom weiger ik hem ongeopend terug te sturen. Ik en jij, ik moet precies weten wat er in zit.

'We kunnen hem dwingen om het in ons bijzijn te openen... ik zal hem dwingen.

'En je zou het allemaal kunnen bederven. Hij zal het doen en zeggen dat deze tas niet degene is die hij heeft gestuurd, dat iemand een tas van de bank heeft gegrepen en verwisseld. Bovendien, als het op mij aankomt, is hij in staat om te bevestigen dat ik de auteur van de zware grap was en niets dat we hem kunnen bewijzen dat het illegaal is.

'Maar Frank... wat voor belang zou hij hebben om zoiets te doen? Hij is verantwoordelijk voor het verlies van geld en geeft toe dat Hamson van plan was oplichterij te plegen, hij pleegde het tegen zichzelf, die degene zal zijn die de verlorenen moet betalen.

"Geloof je? Wacht een paar uur of een paar dagen en je zult zien hoe dit niet gebeurt. Hij is van plan het verlies op de bewaarders in rekening te brengen en dat bedrag zal op zak zijn.

"Praat geen onzin! Hamson is rijk genoeg om dit gevaarlijke kleine ding niet te plegen.

'Nou, wacht, zeg ik. Toen de bank werd beroofd, zul je je herinneren dat je hebt geladen wat van de depots had moeten worden gestolen. De rente werd verlaagd om het verlies te dekken.

"Duivel, het is waar! Ik heb het me niet herinnerd.

En nu zal hij doen alsof hij hetzelfde doet.

'Maar dat is ongehoord voor een rijke man!

'Je kent de waarheid van je geld niet. Je kunt het hebben en de ambitie om je te verliezen, je kunt doen alsof je het hebt en verdrinken. Je weet dat je speculeert. Hij verlangt ernaar miljonair te worden, want het is zijn gouden droom om senator te worden. God kent de middelen die het probeert te gebruiken om het te zijn.

Maar dit is zeer ernstig. Er is een dode in het spel.

'Omdat dat zo is, ben ik tegen uw idee.

"Wat stel je dan voor?

'Open de zak en kijk wat erin zit.

'Nou. Laten we toegeven dat het niet is wat hij zei. Wat zal er nu gebeuren?

"Op dit moment niets. Jij en ik zullen de enigen zijn die weten wat er in de zak zit. Hij is slim en weet hoe hij gevaar moet vermijden, zelfs als er enige twijfel is.

'Je bouwt op zand, Frank.

'Nee, en ik smeek je nog even te wachten. Ik wil zien waar het ademt. Ik ben er zeker van dat hij zal proberen het verlies op de bewaarders in rekening te brengen.

"Het zou niet legaal of logisch zijn.

'Maar hij is de meester en hij zal hen bedreigen. Als het goed gaat, zal hij het geld in zijn zak steken, en dan is het misschien tijd om de inhoud van de tas naar voren te brengen.

"Het is moeilijk voor mij om het te accepteren.

"Ik niet. Ik denk dat het tijd is om wat onderzoek te doen naar de financiële activiteiten van Hamson. Als hij een mislukking heeft geleden, zal de trekker overgaan tot een nieuwe schurk.

"Wat kan je doen?

'Ik weet het niet, maar ik beloof waakzaam te zijn. Hamson is mijn prooi en ik ben de uil die hem zal vernietigen.

"Maar de dood van Jasper blijft...

"Des te meer reden om te wachten. Als hij erin slaagt om van deze beschuldiging af te glippen, zal die stakker zonder wraak zijn. Geloof me, Lang, ik vraag niet om fantasieën zoals Hamson over mij vroeg. Ik vraag naar de realiteit.

"Nou, ik ga nog even wachten, niet lang. Ik zal deze tas bewaren waar niemand kan zien of je vermoedens echt waar zijn. Laten we eens kijken.

Frank scheurde met het mes het leer en gooide de inhoud op tafel. Ze keken elkaar allebei verbaasd aan.

Ze vonden stukjes lood die naar beneden waren gevijld om de vorm van muntpatronen enigszins te simuleren.

Ze waren verpakt in stukjes papier die uit een aantal geïllustreerde tijdschriften uit het Oosten waren gescheurd, tijdschriften die niemand in de stad ontving en die alleen een rijk en verfijnd persoon kon ontvangen.

Maar er was nog meer; een van de ruwe staven was in een stuk wit papier gewikkeld. Frank gleed het snoer eraf en liet het ongerepte stuk papier zien. Deze leek aan het hoofd gescheurd, ongetwijfeld om iets te verwijderen dat erop geschreven of gedrukt was, maar abrupt sneed, de scheur kwam onvolmaakt uit en een stukje van wat werd onderdrukt of probeerde te onderdrukken, bleef in het verminkte vel. Frank liet het hem triomfantelijk zien en zei:

'Kijk naar die randen, het zijn onderste stukjes letters en als je een vorm van de bank zoekt en die vergelijkt, zul je zien dat ze overeenkomen met het onderste deel van het briefhoofd.

Lang knikte. Franks intuïtie onthulde hem veel dingen die hij zich nooit had kunnen voorstellen.

'Je hebt gelijk, jongen, en ik raak er steeds meer van overtuigd dat Hamson een schurk is. Ik leg de zak weg en we wachten op nieuwe ontwikkelingen.

Dank je, Lang. Ik ben blij dat je een verstandig man bent geweest die niet is gesuggereerd door de invloed van die schurk. Niet alle sheriffs weten hoe ze hun prestige en autoriteit moeten behouden. Als hij dreigt jou te vervangen, lach hem dan uit. U bent voor lange tijd verzekerd van herverkiezing.

En stralend van vreugde over de ontdekkingen, verliet hij de kantoren, klaar om zich in de strijd te storten. Hij dacht dat hij Hamson kende en wist dat wanneer een idee in zijn hoofd vatte, hij het niet kon opgeven, ten goede of ten kwade.

Frank was er zeker van dat de overval op de stagecoach was gepland om het leren jack te laten verdwijnen, de enige manier om alle sporen van zijn vaardige prestatie uit te wissen, maar wie had de overval gepleegd?

De jongeman was op dit moment niet op de hoogte van de elementen die Hamson voor zijn bedrijf kon gebruiken. Vroeger had hij gewetenloze mannen op de ranch, zoals degene die zichzelf had overgegeven om te bevestigen dat hij hem had herkend in dat gesimuleerde geritsel van vee om hem te verliezen, maar toen hij van de ranch af was, wist hij niet wie hij had kunnen zijn. degene die zo'n vuile taak op zich neemt.

Natuurlijk nam hij aan dat de persoon bestond. Hij geloofde niet dat Hamson in staat was om het persoonlijk uit te voeren en het belangrijkste was om hem in de gaten te houden totdat hij iemand verdacht vond die een relatie met hem had.

Dit werd op dit moment niet gemakkelijk gevonden. Hamson moest heel alert zijn na wat er was gebeurd. Zijn voornemen om van de komst van Frank gebruik te maken om hem de schuld te geven, als hij niet helemaal had gefaald, was niet gestremd omdat hij alle mogelijke vermoedens wilde afschudden en hij zou alert blijven om geen enkele slip te begaan die hem fataal zou kunnen zijn .

Het stond vast dat degene die in zijn naam had gehandeld door hem op een veilige plaats beschermd en verborgen moest worden en ontdekt moest worden, evenals het beroemde zwarte paard dat diende om de overvaller te helpen weg te glippen.

En met een hoofd vol projecten besloot hij te wachten op de nieuwe activiteiten van zijn vijand.

Franks vermoedens werden al snel bevestigd met betrekking tot Hamsons bedoelingen om het gevaar van de schijnoverval zelf te moeten betalen.

De volgende ochtend verscheen er een door Hamson ondertekend bericht op de deur van de Bank waarin hij alle deposanten van geld in de Bank voor de volgende dag opriep om een zaak te bespreken die voor hen van het grootste belang was.

De mensen, een beetje openhartig, gingen ervan uit dat de voormalige boer hen had opgeroepen om hen een officieel verslag van het evenement te geven en om hen, op een aanmatigende manier, te informeren dat, omdat ze niet in staat waren de verantwoordelijkheid voor de verdwijning op iemand te leggen die getroffen was door de Bank, hij accepteerde het verlies alleen, hoewel hij misschien smeekte om hulp om het tekort te dekken.

Frank las het bericht terwijl hij langskwam en toen hij thuiskwam, zei hij tegen zijn vader:

'Ik hoop dat u mij toestaat namens u naar die vergadering te komen. Ik zal dankbaar zijn.

"Wat stelt u voor?" vroeg zijn vader ongemakkelijk.

'Niets gewelddadigs, wees niet gealarmeerd. Ik ben van plan om jouw geld en dat van iedereen in de stad te verdedigen, zelfs als ze het niet verdienen. Ik heb het bewijs dat Hamson zal proberen het verlies te dragen en ik ben bereid er niet mee in te stemmen.

De oude Neil was het daarmee eens, maar Frank deed zijn best om zijn rot niet te vertellen wat hij had ontdekt. Hij begreep dat hoe minder ze in het geheim waren, hoe beter en hij zou tijd hebben om het nieuws te lanceren met dezelfde kracht die een lading dynamiet zou kunnen lanceren.

En met volledige controle over zijn zenuwen wachtte hij op de komst van de volgende dag om de vergadering bij te wonen.

HOOFDSTUK VIII

Het zou de volgende dag tien uur 's ochtends zijn als vijftig landeigenaren, industriëlen, veeboeren en kooplieden van Nirvay en omgeving zich verzamelden in de ruime hal van de Bank, die door haar medewerkers was uitgerust voor zo'n belangrijke bijeenkomst.

Franks aanwezigheid werd met kilheid en zelfs met vermomde minachting begroet, maar de jongeman, zonder die vijandige demonstraties op prijs te stellen, nam plaats in de laatste stoelen tegen de muur en wachtte tot de vergadering zou beginnen.

Haar scherpe ogen speurden de menigte af en ontdekten de sheriff en Dennis' vader tussen hen in, maar niet Dennis, die niet in een fysieke positie zou moeten zijn om in het openbaar te verschijnen.

Een kwartier later verscheen Hamson elegant gekleed, in zijn lange zwarte geklede jas, zijn chique vest vol opzichtige borduursels, zijn buisvormige suède broek en zijn hoge leren laarzen met sporen.

Het was een half held, half cowboy outfit die hij voor persoonlijk gebruik had aangenomen.

Hij droeg een grote portemonnee onder zijn arm, en na de menigte ernstig te hebben begroet, ging hij achter een kleine tafel staan die aan de kant was gezet voor de rijen banken die bestemd waren voor deposanten.

Alvorens te spreken, bekeek hij de gezichten van zijn klanten en een diepe rimpel fronste zijn voorhoofd toen hij Franks gestalte op de achtergrond ontdekte. Hij glimlachte een beetje en Hamson was niet geamuseerd door zijn aanwezigheid of die dreigende glimlach.

Hamson schraapte even zijn keel voordat hij besloot te spreken en zei ten slotte op een aangeslagen toon:

"Mijn beste vrienden, ik ben de eerste die spijt heeft van de reden die me dwong om deze vergadering bijeen te roepen, maar de gebeurtenissen dwingen me om dit te doen. Het zou mij een genoegen zijn geweest u te bellen om u iets aangenaams te vertellen dat ik u misschien op een dag niet ver weg kan meedelen, maar voor nu is de reden onaangenaam en pijnlijk.

«Je weet hoe ik weet wat er onlangs is gebeurd met de stagecoach van Missouri. Mannen zonder scrupules of geweten "en toen hij het zei, keek hij vrijmoedig naar Frank" hebben niet geaarzeld om onschuldig bloed te vergieten, gewoon tot gepast zonder risico van buitenlandse hoeveelheden die vandaag de economie van velen van u in gevaar brengen.

«Dringende en wettige behoeften van de Bank dwongen me om de chauffeur van de stagecoach een leren zak met vijftigduizend dollar toe te vertrouwen, voor een overschrijving die onvermijdelijk naar Marsland moest gebeuren, en door middel dat ik niet weet, wist iemand of verdacht van deze zending en bestormde hij de stagecoach, zich dat belangrijke bedrag eigenen. Ik heb mezelf niets te verwijten.

«De operatie was rechtmatig. De voorzorgsmaatregelen die ik nam zijn voortreffelijk. Ik hield het geld persoonlijk in de zak, verzegelde het en gaf het aan het hoofd van de Casa de Postas en zorgde ervoor dat het in de stagecoach lag nadat ik me had vergewist van de eerlijkheid van de burgemeester. Het was alles wat ik kon doen en dat deed ik ook. De rest is het werk van geluk geweest of God weet wat.

"Het feit zelf is dat het gemeenschappelijk fonds zo'n achteruitgang heeft geleden die niet aan mij kan worden toegeschreven. Aangezien de Bank geen eigen kapitaal heeft, maar het bestaande kapitaal van u is, omdat het van u is, moet het verlies aan u worden teruggestort.

Een gemompel van ontevredenheid ging door de zaal. Hamson, ongemakkelijk, het zwijgen opgelegd met een gebaar zeggende:

"Ik begrijp dat dit pijnlijk voor je is, maar het is ook pijnlijk voor mij dat ik mijn geluk wil verenigen met het jouwe, en dat verlies in een voorzichtige verhouding wil dragen. Niemand gaat het op mijn bank gestorte kapitaal verminderen. Ik wil niet dat de diefstal u dat verlies veroorzaakt, maar er is behoefte aan een formule om dat tekort te compenseren en ik ben gekomen om u de formule aan te bieden.

«Ik heb mijn kapitaal, dat niet groot is, ook genoteerd in mijn bankrekeningen en daarom zal het verlies ook mij treffen en wat ik voorstel is om de betaling van rente voor een beperkte tijd op te schorten die de terugboeking mogelijk maakt en dat zelfs die wie kan, de deposito's verhogen met nieuwe bijdragen waarmee het tekort in korte tijd kan worden verrekend.

Dit is op zich geen verlies. Uw geld zal altijd worden gegarandeerd door mijn eer, en het afzien van een kleine rente is geen verlies, omdat het het geld dat u mij hebt toevertrouwd niet vermindert.

"Hier zijn er boeren en landeigenaren die deposito's hebben bij banken in de regio. Waarom zouden ze niet op patriottische wijze hun eigen land helpen, door het geld dat in anderen is gestort erin te investeren om het volume te vergroten en de kloof snel weg te werken?

Dit zal een tijdelijk iets zijn. Aan de andere kant, hoewel ik niet zou moeten spreken en hoewel ik mezelf toesta het op een gesluierde manier te doen, verwacht ik dat ik dankzij mijn inspanningen zeer binnenkort in staat zal zijn om u sensationeel nieuws te brengen, waardoor u niet alleen gelukkig, maar zal de waarde verhogen van alles wat je hebt. Het zal iets groots en nuttigs zijn en het spijt me dat ik niet meer zeg, want ik heb al te veel gezegd. Je moet op je hoede zijn voor dieven van initiatieven, maar ook voor dieven van stagecoachen.

"Ik hoop dat mannen als Jim Powell, die binnenkort een familielid van mij zal zijn, industriëlen zoals James Lawson, veeboeren zoals Ray Prince en anderen die hier aanwezig zijn, mijn initiatief zullen steunen en de hoofdstad van onze bank zullen versterken, door deze kuil te overbruggen zonder enig verlies in uw vermogen lijdt.

«Vijftigduizend dollar worden snel teruggevorderd met een sober regime in de administratie en een verhoging van de contanten van ongeveer honderdduizend dollar, waardoor de Bank gemakkelijk kan manoeuvreren in leningen, hypotheken en voorschotten, op solide onderpand, met een rente die ons compenseert voor dit stomme verlies.

«Ik wacht de mening af van degenen die dat kunnen en moeten doen om te weten wat ze kunnen verwachten.

Voordat iemand tijd had om te spreken, stond Frank op en vroeg om dat te doen.

Hamson, woedend, antwoordde:

'Je hebt geen belangen in deze bank. Uw aanwezigheid hier is niet alleen hatelijk, maar ook ontijdig.

"Een ogenblik. Ik vertegenwoordig mijn vader; mijn vader heeft zijn geld hier gestort en ik moet over zijn geld waken. Ik heb het volste recht om namens u tussenbeide te komen.

Hamson beet op zijn lip en ging met een grom rechtop zitten.

Frank, kijkend naar het publiek dat hem nieuwsgierig aankeek, begon met te zeggen:

'Wat mijn vader betreft, hij zal niet alleen geen cent bijdragen aan de deposito's, maar hij geeft ook niet toe dat hij zijn wettelijke rente heeft verloren.

Hamson stond op in een basilisk en protesteerde luid, maar Frank, koel en beheerst, antwoordde:

'Laat me alsjeblieft spreken. Je hebt het gedaan en er is naar je geluisterd, dat recht heb ik.

Al snel vond het een echo in het publiek. Hij verdedigde ieders geld en ze hielden van zijn eigenschap.

Frank voegde toe:

"We weten niet en willen niets weten over het interne regime van uw bank. U hebt op eigen initiatief dat geld zonder garanties en zonder iemand om een mening te vragen gestuurd en u bent alleen verantwoordelijk voor het verlies ervan. Om het op ons te laden, was het noodzakelijk dat de bewaarders hun mening gaven in het administratieve proces en dat de manier om het geld te verzenden ter goedkeuring aan hen was voorgelegd. Dus ja, want we zouden allemaal verantwoordelijk zijn geweest voor de roekeloosheid.

«Zo'n hoeveelheid wordt verzonden met meer garanties. Mensen worden verzameld om de afzetting te bewaken en te verdedigen, en ze geven zich niet over aan een arme oude man die, hoe moedig hij ook was, niets kon doen tegen verrassing.

"Waarvan je veel zou moeten weten", zei Hamson.

Laten we zeggen dat ik alles weet. Dat zegt niets, want als die stomme insinuaties waarde konden hebben, zou ik met mijn nek betalen voor de misdaad om het te hebben begaan, maar geen van deze heren hoefde een cent te verliezen omdat de schuld van het verlies hun schuld was.

Hamson schreeuwde als een in het nauw gedreven beest:

"Ik hoop dat deze heren geen mening hebben zoals u, want als dat zo is, zouden ze niet alleen het leven van de bank in gevaar brengen, maar ook het gestorte geld.

'Daar zullen we het over hebben, meneer Hamson. U hebt verzekerd dat de Bank geen kapitaal heeft. Waar komt dan de rente die u betaalt vandaan? Van de beweging van dat kapitaal in leningen, hypotheken, aankopen en verkopen, wie kent het volume en de prestaties van de toepassing van dat geld? Niemand.

" De directie!

"De Raad weet van niets. Het zijn mannen van goede trouw, die geen rekenkunde kennen en vertrouwen op uw woorden en de enorme hoeveelheid papieren die u hen voorlegt.

«Ik weet het zeker, en ik, die meen het recht te hebben om dat te doen, eis dat om te controleren of er inderdaad een faillissementsgevaar bestaat, of er geen interesse is en of de hulp die u vraagt, nodig is, een commissie van deskundige mannen worden aangesteld om alle rekeningen, balansen en documenten van het leven van de Bank te controleren, om een oordeel te geven.

Hamson legde zijn hand op zijn borst alsof hij met een voorhamer was geraakt. Dat was iets dat hem diep pijn deed, en als een beest brulde hij:

"Nooit! Ik geef zo'n belediging niet toe! Ik ben een man...

"Een man zoals iedereen, of misschien anders dan iedereen," viel Frank in de rede, "en als je er zo zeker van bent dat wat je ons zojuist hebt verteld waar en eerlijk is, moet je je niet alleen niet verzetten, maar zou je de eerste moeten zijn om zorg voor die faciliteiten die je situatie versterken en je die ondersteuning opleveren die alleen met zo'n examen kan worden verleend of niet.

Franks woorden wekten een kreet van goedkeuring bij de menigte. Hij gaf blijk van energie tegenover de verderfelijke invloed van de bankier en hoewel hij hem van niets beschuldigde, leek het alsof een subtiele achterdocht zich van hen meester maakte.

Hamson, razend en ontbonden, brulde:

"Nooit!! Die woorden, die het minste recht hebben om ze hier te gebruiken, zijn zo'n duidelijke belediging, zo'n walgelijke vernedering, dat ik ze ga beantwoorden zoals ze verdienen die me nooit zullen kunnen inhalen in moraliteit en eerlijkheid Ik trek het ingediende verzoek in en wens van niemand iets.

'Ik ben die vijftigduizend dollar uit mijn privézak kwijt en jij krijgt je rente. Als ze zo egoïstisch zijn, wat ze willen, heb ik niets om tegen te zijn. Het lijkt mij dat we hierna niet verder hoeven te discussiëren.

Een o! van goedkeuring steeg uit alle kelen. Frank had voor hen een formidabele strijd gewonnen waarvan ze zeker wisten dat ze die zouden hebben verloren zonder hun tussenkomst, maar tot hun grote verbazing bleef Frank kalm en beheerst, betoogde:

'Het is hetzelfde, meneer Hamson. Het maakt mij niet uit of ik dat geld erin stop of niet. Hij heeft een verontrustend beeld geschetst over de toekomst van de Bank en hoe ik niet tevreden ben dat dit kan gebeuren, verzoek ik dat onderzoek.

'Ik zei dat ik het niet toegeef! Ik heb een Raad van Bestuur waaraan ik verantwoording zal moeten afleggen. Later...

'Het is hetzelfde,' dreigde Frank. Met en zonder de Raad zal ik in mijn eentje, koste wat het kost betalen als ik dat later moet doen, dat de staat een controle van de rekeningen verifieert. Als je een mening hebt gegeven, kun je me blijven beschuldigen als je wilt, niet alleen van diefstal maar ook van laster, dat is voor mij hetzelfde. Aangezien het voor u niet mogelijk is geweest mij voor het eerste te laten veroordelen, wil ik u de mogelijkheid geven mij voor het laatste te laten veroordelen.

Hamson, woedend, daalde van de tafel af en probeerde Frank aan te vallen.

Hij was op zoek naar de revolver om op hem te schieten, maar de aanwezigen van de tumultueuze bijeenkomst onderbraken hem en beletten hem dat te doen, terwijl Frank, volkomen kalm, sinister glimlachte, nadenkend over het effect dat zijn scherpe uitspraken op de bankier hadden gehad.

Hamson werd met geweld van het terrein gesleept, maar de boer brulde:

'Ik vermoord je, Frank! Je bent al heel lang mijn zwarte schaduw en ik ben geen man die iemand toestaat om onderweg kuilen voor me te openen.

De vergadering liep op die spectaculaire manier uiteen en Frank was een van de laatsten die de bank verliet.

Bij de deur stond de sheriff hem op te wachten. Freek vroeg:

'Welke indruk kreeg je hiervan, Lang?

'Wil je dat ik het je oprecht vertel? Wel, Hamson is meer bang voor een onderzoek bij de Bank dan om zijn plan om die vijftigduizend dollar gefrustreerd te zien worden gefrustreerd.

"Ik was ervan overtuigd. Nu kan hij niet meer losgelaten worden. Ruïne hangt boven alle mensen in het dorp en moet worden vermeden.

" Hoe?

"Ik weet het niet. Ik heb je niet tevergeefs bedreigd. Ik zal om die tussenkomst vragen, maar ik zal een paar dagen laten om te zien hoe hij reageert. Ondanks alles wil ik het geld van dat alles niet in gevaar brengen goedgelovige kudde die mij zo goddeloos hebben veracht en beledigd.

Lang bezorgd, mompelde:

'Ik ben niet kalm, Frank. Ik ben bang, iets vreemds van Hamsons kant. Ik geloof hem niet meer als de man die hij leek. Je probeert niet zo'n wanhopige staatsgreep om vijftigduizend dollar te pakken en het dan op te geven. Als u ze dringend nodig heeft, kunt u ze niet aan de Bank afdragen; en als het hen niet bijdraagt ... wat heeft hij met zijn persoonlijk fortuin gedaan om zulke trucs nodig te hebben?

'Ik weet het niet en ik zou graag een aanwijzing hebben. Ik ben in ieder geval van plan hem niet uit het oog te verliezen. Ik moet hem bespioneren om te zien wat zijn projecten zijn. Ik vermoed dat er een tragische crisis aankomt.

'Pas op. Als hij er verdwaald uitziet, kan hij je neerschieten.

"Ik zal proberen het geen kans te geven.

Ze gingen uit elkaar. Frank ging naar huis om aan zijn vader te vertellen wat er tijdens de vergadering was gebeurd, en Lang, zeer bezorgd, keerde terug naar zijn kantoor.

Diezelfde middag kwam er iets naar boven wat Frank niet had vermoed. Het was deels toeval, maar het had ook het toeval kunnen beïnvloeden zodat het evenement niet geforceerd hoefde te worden.

Frank was vertrokken om naar de zadelmakerij in het dorp te gaan om wat stijgbeugels te laten maken, toen hij Sylvia frontaal overstak. Het meisje liep ernstig en nerveus en leek gekweld met haar ogen naar iets te zoeken.

Frank, niet in staat om de ontmoeting te vermijden, probeerde weg te lopen naar de andere kant van de weg, maar toen ze hem zag, leek ze opgelucht adem te halen en resoluut over te steken, gebaarde ze dat hij moest stoppen.

Hij gehoorzaamde door te verstijven en het meisje riep op smekende toon uit:

'Frank, ik wil graag even met je praten.

'Niemand houdt je tegen, Sylvia. Ik hoor je.

'Nee... ik wil niet dat het hier zo in het openbaar is. Wil je me alsjeblieft over een half uur ontmoeten bij Willy's weide?

"Waarom niet? Ik zal alles zijn wat je wilt, maar ik ben welgemanierd genoeg om een vrouw niet neer te halen. Ik zal daar op je wachten.

En langzaam ging hij naar de plaats van de afspraak. Een weiland weg van de stad en beschermd door weelderige bomen en een heg aan de rand, die hem nog meer aan het zicht onthield van degenen die naar die plek kwamen.

Toen Sylvia, helemaal rood, in de wei verscheen, riep Frank, niet in staat om de emotie te bedwingen die werd veroorzaakt door het alleen kunnen praten met de vrouw die alles voor hem had gevormd:

'Nou, je zult zeggen wat je me te vragen hebt.

Het meisje riep, na een moment van nerveuze aarzeling, smekend uit:

'Eerlijk gezegd, voor alle heiligen, wat ben je van plan te doen?

'Wat bedoel je, Sylvia?

"Uw houding tegenover ons. Waar ben je naar op zoek en wat wil je?

"Ik geloof dat niets dat niet wettig en legaal is. Ik zou je vader die vraag moeten stellen en... jezelf.

'Ik heb je niets misdaan, Frank.

'Niet. Behalve dat je me agressief behandelde toen ik de waarheid vertelde over wat er met de stagecoach was gebeurd.

Ze sloeg verward haar ogen neer en mompelde:

'Misschien heb je gelijk. Ik weet niet meer precies wat ik je heb verteld, maar... ik was nerveus over de klap die mijn vader had opgelopen...

"En daarom twijfelde je aan mijn eerlijkheid, jij die haar beter kende dan wie dan ook...

"Frank ... ik ... ze hadden me dingen verteld die ... het is beter om ze niet te herhalen ... je had geen erg schone poster achtergelaten toen je afwezig was ... ze beschuldigden je ...

'Je vader beschuldigde me alleen maar en je weet waarom. Ik was niet de man waar je van droomde. In die tijd was hij een arme arbeider op zijn ranch en hoewel mijn vader een redelijk waardevol magazijn bezat en ik het bedrijf elke dag kon uitbreiden, was dat allemaal niet genoeg.

«Je trouwen met een fatsoenlijke en eerlijke man die in staat is tot de meest gedurfde ondernemingen binnen de wet, het was waardeloos. Hij had een pop voor je nodig, die het niet eens waard was om je te verdedigen, maar dat deed er niet toe; Dat je overgeleverd was aan de genade van de eerste die je wilde beledigen, had geen enkele waarde naast het handjevol dollars dat hij kon bijdragen aan hun bedrijf.

«En jij ... je bent onze echte vriendschap vergeten, onze ontluikende liefde en trots op een opleiding die hier nutteloos is omdat je daarmee, in deze stad van eerlijke maar eenvoudige mensen, alleen maar een exotisch ding bent waaraan je opzij moet zetten , je doordrenkte jezelf met de onzin van je vader en gaf je over aan verwaandheid en trots. Het is heel goed mogelijk dat je heel gelukkig bent met Dennis, gelukkiger dan met mij, maar, gelukkig, op welke manier? Dat is wat ik graag zou willen weten.

Zij, die verontrust naar hem luisterde, mompelde:

"Ik zal niet blij met hem zijn, omdat we onze relatie hebben verbroken.

Frank's ogen werden groot bij de verklaring en antwoordde:

'Wat zeg je? Heb je het inmiddels aangedurfd om de woede van je vader op te wekken door je tegen zijn projecten te verzetten?

'Ik weet het niet en het kan me niet schelen. Dit is een intieme vraag. Ik was niet zo dol op Dennis, gaf ik toe, omdat hij me een brave jongen leek en omdat iemand op een dag mijn man moest zijn, maar de dingen die zijn gebeurd, hebben me diep gekwetst. Ik hield er geen rekening mee dat je hem de nacht van het posthuis sloeg. Het was een verrassing voor hem, maar ik moest wel rekening houden met wat er daarna gebeurde. Hij straalde moedig uit, beloofde de ontvangen belediging weg te spoelen en... hij zonk dieper weg in de spot die hij was.

«Later ... ik weet het niet ... iemand vertelde me dat hij niet met adel had gevochten ... en de man die niet nobel is om te vechten, is helemaal niet nobel ... Maar dat is het minste van het. De zaken van mijn hart tellen niet, en ik ben ook niet gekomen om er met u over te praten. Je dwong me en ik denk dat ik dwaas was om het je te vertellen. Het kwam tot iets anders dat me meer interesseert.

Frank werd defensief. Er gebeurden dingen die ze als zeer belangrijk voor de toekomst beschouwden en hij vermoedde dat Sylvia, toen hij het het minst verwachtte, een obstakel zou vormen voor zijn plannen.

"Waar gaat het over?" Hij vroeg.

'Van mijn vader. Hij is gek, Frank. Je hebt hem tot in het oneindige beledigd en vernederd. Vanmorgen heb je geprobeerd zijn eer en goede naam te laten zakken door te zinspelen op ongefundeerde beschuldigingen die hem gek hebben gemaakt. Frank, door onze oude vriendschap! hem door zulke verontrustende trances hebben gebracht

'Heeft hij geaarzeld om me voor te doen als andere, meer verschrikkelijke mensen? Hij alleen is er de oorzaak van geweest dat de hele stad me argwanend aankeek en me dwaas beschuldigde van een gebeurtenis waarvan ik rein en zuiver ben. Ik ben een man die zijn handen nog nooit met onschuldig bloed heeft geverfd.

Ik ben geen moordenaar of een schutter zoals jij en hij belde me. Ik hanteer de revolver, want het is de garantie van mijn leven zoals dat van velen in deze klimaten, waar het leven van mannen niet belangrijk is, en ik verdedig mezelf. Ik heb vele malen gevochten, maar altijd met adel. Gisteren kon ik die pop ter legitieme verdediging doden en ik heb niet... Waarom moet ik betalen met een andere valuta dan die waarmee ze mij betalen?

"Aan de andere kant heb ik niets anders gedaan dan een suggestie van je vader die mijn belangen schaadt afwijzen en hem vragen te vertellen hoe hij met ons geld omgaat. Is dat een overtreding?

"Voor wie een zuiver geweten heeft...

"Hij die het heeft, maakt er geen bezwaar tegen en is blij dat zijn eerlijkheid straalt. Het ene is eigenliefde en het andere is loyaliteit.

'Goed, maar hij heeft aangeboden dat geld te verliezen. Wat wil je nog meer?

'Waarom gaat hij het verliezen als hij dat niet zou moeten doen? En als je het moet verliezen, waarom ben je er dan tegen om je kaarten open te laten zien?

"Oh! ... je zou het niet begrijpen, Frank. De zaak is delicaat. Ik praat met je als een vriend ... Mijn vader heeft van niemand iets afgenomen, maar op dit moment heeft hij een kolossaal project in zijn handen die een aangename verrassing voor de stad zullen zijn. Iets heel groots en nuttigs dat hij niet kan verklaren, want als het zou mislukken, zou het al een moeizaam werk vernietigen dat hem een fantastische winst zal opleveren en zijn bank, de Banco del Poblado, een van de belangrijkste in de regio.

"Het is voor dit en niets anders dat hij doodsbang is om voorlopig betrokken te zijn bij zijn bedrijf ... Het is een kwestie van dagen. In korte tijd verzekert hij dat het bedrijf zal worden afgerond en dat er geen gevaar meer is. Frank, ik vraag je niet om de jouwe niet te verdedigen... ik vraag je alleen om die zaak een paar dagen uit te stellen. Dan kun je het en is hij de eerste die tevreden is.

" Denk je?

"Ik ben er zeker van.

'Weet je wat voor bedrijf het is?

'Nee. Hij heeft het aan niemand willen vertellen... niet aan mij, maar hij verzekert dat het iets groots is.

"En wat biedt hij mij in ruil voor het geven van die faciliteiten?

'Hij is het niet, maar ik die het je vraagt. Hij zou je niets vragen, zelfs als hij wist dat hij voor altijd aan het zinken was.

"Nou, wat bied je dan aan?

"Niets! Ik zou me schamen om te weten dat je me de gunst had gekocht of verkocht.

"Het zit heel erg in de familie Hamson om te vragen en niet om te geven. Puur egoïsme waar je niet vanaf kunt komen. Je vader zou niet aarzelen om me op te hangen voor een misdaad die ik niet heb begaan, maar hij zou misbruik maken van mijn dwaasheid als ik hem zou helpen met zijn plannen ... En jij, van dezelfde kaste, detacheert hem.

Ze brulde woedend:

" Wat weet jij daarvan? Ik ben niet tweede. Hij is mijn vader en ik doe wat ik kan voor hem. Je kent deze stap van mij niet; als ik het wist, zou ik de grootste overstuur van mijn leven hebben met hem.

"O natuurlijk! Ik zou je ervan beschuldigen een schutter, een dief, een moordenaar en een dief te verdedigen, maar als ik hem faciliteiten geef, zal hij er misbruik van maken en blijven proberen me te verliezen. Je vader is een financiële engel.

'Hou op, Freek! Ik dacht dat ik in naam van onze oude vriendschap die kleine gunst van je zou kunnen vragen, maar ik zie dat je te hatelijk bent om dat te doen. Het is hetzelfde, ik zal niet meer aandringen en ik zal accepteren wat jij of het lot me willen brengen.

Zij, haar ogen vertroebeld door opstandige tranen die worstelden om te verschijnen, draaide zich om om te vertrekken, maar Frank, gegrepen door een waanzinnig verlangen naar die liefde die nog niet in zijn borst was gestorven, rende naar haar toe, greep haar bij de armen en beet op de woorden terwijl hij ze uitsprak, brulde hij:

"Ik ga het doen, Sylvia, ik ga het doen en de duivel houdt er geen rekening mee dat ik daarmee mijn plicht verzaak en op een dag zul je begrijpen dat het zo was! Ik doe het, omdat ik ondanks alles nog steeds van je hou zoals ik van je hield toen ik wegging en omdat ik hier teruggekomen was, gedreven door die liefde die sterker is dan mijn wil. Ik wil er niets voor terug, zelfs geen liefde die alleen maar liefdadigheid of wrok zou zijn.

«Ik zal het doen uit mijn eigen ijdelheid, om deze dwaze liefde te bevredigen die ik nog steeds in mijn borst heb en dat zal mijn ondergang zijn, maar ik zal het doen en wanneer de dingen die moeten gebeuren, zijn gebeurd, dan zal ik vertrekken en probeer te vergeten dat er een vrouw bestond die ooit mijn glorie was en nu alleen maar mijn hel is.

En als een gek vluchtte hij van haar zijde, haar verbijsterd en verward achterlatend.

HOOFDSTUK IX

DE TANDEN VAN DE CEPO

Een ongekende woede maakte zich van Frank meester na de gewelddadige scène met Sylvia. Ze was meegesleept door een onstuitbare drang door een dwaze belofte te doen én nu had ze geen andere keuze dan haar woord te houden. Nou ... ik zou het vervullen.

Hij zou Hamson een marge van tijd geven om zijn situatie op te lossen, een marge die hij zou kunnen gebruiken om geld te zoeken en een onderzoek een fictieve normaliteit te bieden die zou ophouden zodra de indruk voorbij was, maar hij zou zijn hand niet verlaten en hem in de gaten houden. op zijn best. tot in de kleinste details, om in zijn voetsporen te treden en te proberen te achterhalen wat zijn machinaties waren.

Omdat hij niet in de stemming was om met iemand te praten, besteeg hij de volgende dag zijn paard en liet het paard naar believen draven, verliet de stad heuvels en open plekken, stak paden en beekjes over en filterde door bossen en stekken zonder het te beseffen.

Plotseling realiseerde hij zich dat hij te ver van het dorp was afgedreven. Minstens tien mijl naar het oosten, aan de andere kant van de weg die hij had genomen toen hij terugkeerde naar de stad.

Het was in de buurt van Thedford, een stad die ook tot de route behoorde, op zeer korte afstand van de Missouri.

Hij stond op de top van een heuvel in de aangename schaduw van een groep bomen die hem behoedden voor de felle ochtendzon, toen hij, kijkend naar het pad onder hem, op een afstand van honderd meter, een Rijder ontdekte die galopperen op een stevige draf, en iets kwam haar bekend voor toen ze ontdekte dat hij zich over de nek van het paard boog.

Die figuur, een beetje zwaarlijvig en gedrongen, die ruwe omtreklijn, zonder gratie, was die van Hamsons lichaam, hoewel hij nu niet zijn imposante zwarte geklede jas of zijn merkvest droeg, maar een leren jas, een cowboyhoed en wat blauw broek die in de onderkant van zijn hoge legging was gestopt.

Mechanisch dreef Frank zijn paard achteruit en zocht betere dekking achter de bomen tot hij Hamson voorbij liet gaan, en toen, geïntrigeerd om hem in die richting te zien gaan, besloot hij hem discreet te volgen.

Toen hij bedacht dat hij hem niet kon zien, daalde hij van de heuvel af en zette zijn paard in draf, maar hij scheidde van het pad en langs een gebroken pad, volgde dezelfde richting, totdat hij een kwartier later erin slaagde om hem te ontdekken terwijl hij over de weg galoppeert. .

Een halfuur later waren ze in het zicht van Thedford en Frank vermoedde dat hij erheen zou gaan.

Het moeilijkste was hem de stad in te volgen. Hoogstwaarschijnlijk zou hij erachter komen, in welk geval zijn spionageplan zou mislukken, maar aangezien er geen keus was, besloot hij de gok te wagen.

Langzaam ging hij het dorp binnen met zijn ogen voor zich uit gericht, op zoek naar Hamsons paard, maar het moet langs een zijstraat zijn gesijpeld, waardoor hij het spoor verloor.

Geërgerd besloot hij het hele centrum te inspecteren en liep hij door straten en steegjes, tot hij op een ruim plein kwam en het rijdier van de bankier ontdekte.

Ze stond voor de deur van een gebouw met twee verdiepingen, een prachtige moderne bakstenen constructie, op de gevel waarvan een bord aankondigde:

«HOTEL TEXAS»

Frank liet zijn paard voorzichtig aan de monding van een nabijgelegen straat achter en liep voorzichtig naar hem toe tot hij voor de ingang van het hotel stond. Dit was niet alleen een modern en comfortabel gebouw, maar het hotel was misschien wel de meest luxueuze van al die kant van de regio.

De glazen deur draaide aan beide kanten, en achter een grote en goed ingerichte hal onthulde de receptie, evenals een elegante trap die onderaan begon te glijden in een spiraalvorm die naar rechts en links kronkelde.

Door de ramen ontdekte hij verschillende hotelgasten, die per type beweerden boeren met een uitstekende status te zijn, goed geklede dealers en enkele individuen in exotische kleding, die Frank al snel classificeerde als professionele gokkers.

Wat voor hotel zou dit zijn en wat zou Hamson erin moeten doen?

Na een korte aarzeling besloot hij door te dringen. Hij zou om een kamer vragen en proberen te profiteren van deze vreemde situatie.

Hij liep naar de balie en vroeg om een kamer om te slapen. De klerk keek hem een ogenblik wantrouwend aan, alsof hij hem niet waardig achtte om in zo'n etablissement te leven, maar hij moet het veulen dat Frank achteloos met zijn rechterhand zwaaide, gerespecteerd hebben en het hem meer tonen dan als een merkwaardig object als een bedreiging om niet te verachten.

'Het is drie dollar,' zei de klerk.

Frank stortte, zonder te protesteren tegen het misbruik, het gevraagde bedrag en de klerk vroeg:

Je naam? Schrik hem niet, het is een verplichting om het in het inschrijfboekje te schrijven, anders zijn we niet nieuwsgierig.

'Billy Parker, is dat goed?' antwoordde Frank.

"Prachtig. Teken hier.

En hij bood hem het boek aan waarin hij net Franks patroniem-fantasie had gestempeld.

Hij wierp een blik op het register, maar ontdekte Hamsons naam er niet op.

"Op de tweede verdieping, kamer nummer 20. Ga je in bad?

'Soms,' antwoordde Frank humoristisch. Welke andere gemakken kunt u mij bieden?

"Je hebt een bar op de eerste verdieping en als je een paar dollar over hebt, heb je een recreatieruimte.

"Ik hou van dit hotel en ik denk dat ik langer zal blijven. Hoewel ik niet volledig gekleed ben, denk niet dat ik geen papieren heb. Ik kwam hier juist omdat een vriend van mij uit Nirvay mij dit hotel met grote belangstelling aanraadde.

"Van Nirvay?" Vroeg de griffier. Ik weet het niet, we hebben daar wat klanten...

'Natuurlijk. Het was meneer Hamson, de bankier. Ik heb een uitstekende rekening bij uw bank.

'O! Hij had het eerder moeten zeggen... meneer Hamson... Wacht! Ik denk dat u kamer 32 beter zult vinden dan kamer nummer 20. Het heeft een mooi raam dat uitkijkt op het plein.

"Bedankt. Nu ga ik naar Nirvay. Als ik Hamson zie, zal ik hem vertellen dat er goed voor me gezorgd is."

De klerk knipoogde ondeugend en antwoordde zacht:

"Dhr. Hamson is hier. Het is al een tijdje geleden.

"Duivel, daar hou ik van! Waar is hij nu?

"Chist...! Hij is bij de dame...

"Ah! Al...! Ik had kunnen vermoeden...

"Ik weet niet of hij zal blijven. Hij was al een paar dagen niet gekomen en de dame was al ongeduldig.

"Het is natuurlijk. Denk je dat het ongepast zou zijn om hem te zien?

"Ik denk het wel. Hij houdt er niet van om gezien te worden. Als hij komt, blijft hij bij de dame en zij bespreken de voortgang van de zaak. Dan gaat hij weg en komt nooit meer opdagen in de speelkamer.

"Begrepen. Een man van zijn positie kan bepaalde tentoonstellingen niet uitvoeren ... Het zou niet serieus zijn ...

Zeker, je begrijpt het. Het hotel is erg goed, het is het beste van Noordwest Nebraska, maar ... je vijanden zouden je ervan beschuldigen deel uit te maken van een bedrijf waar gokken de belangrijkste attractie is. Dus als hij je er niet over heeft verteld, kun je hem beter niet zien.

'Ik denk dat ik je advies zal opvolgen. Hamson is een goede vriend van mij en mijn vader, maar natuurlijk zijn ernst ... zijn dochter ... Vertel me, waar moet hij van zijn pad weglopen.

"De dame bewoont de kamers aan de achterkant in de gang rechts van de eerste verdieping.

"Bedankt. Ik ga wat opruimen en ga dan naar de speelkamer. Daar in Nirvay, het is walgelijk, je kunt de sporen niet spelen omdat ze je meteen bekritiseren.

"Nou, hier kun je tegen het veulen spelen, maak je geen zorgen.

Frank liet een dollar op tafel liggen voor de klerk, en tevreden met de verzamelde rapporten liep hij naar de trap om naar de kamer te gaan die voor hem was bestemd.

Maar toen hij de begane grond bereikte, keek hij even om zich ervan te overtuigen dat hij niet werd gezien en liep brutaal door de gang, in de richting van de kamer, die volgens de klerk aan 'de dame' toebehoorde.

Hij liep op zijn tenen naar de deur, boog zich onbescheiden voorover en richtte zijn rechteroog op het sleutelgat.

Door het kleine gaatje zag hij alleen een luxueus aangekleed houten bed en een kleine ovale spiegelkast, de rest kon hij niet onderscheiden wegens gebrek aan visuele ruimte.

Hij hoorde een gerucht van een gesprek zonder een woord te kunnen noemen, wat hem boos maakte. Hij zou zijn vijftigduizend dollar hebben opgegeven om erachter te komen waar ze het over hadden.

Iets verduisterde even het zicht van het bed waar hij naar staarde. Het was een vrouwelijk silhouet dat voor het sleutelgat had gestaan.

Frank kon een type vrouw bewonderen dat een beetje volwassen was van leeftijd, maar prachtig bewaard gebleven. Ze was blond, lang, slank, met ziekelijke armen en fijne, gepolijste handen, aan wier vingers verschillende ringen glinsterden. Hij had prachtige, veranderlijke groenige ogen en waanzinnig blond haar dat geverfd moest worden.

Uit haar outfit kon ze alleen een hemelsblauw fluwelen jasje onderscheiden, met kant aan de hals en het begin vanaf de taille van een zwarte rok. Hij bewonderde ook een medaillon met juwelen dat aan haar prachtige keel hing.

De dame gebaarde boos en Frank keek weg van het sleutelgat om zijn oor aan te brengen.

Vanuit haar positie kon hij duidelijk begrijpen wat ze zei:

'Sorry Wilfred, maar het ging al die tijd niet goed. Het hotel heeft veel uitgaven en er waren weinig klanten en de weinigen die kwamen, namen niet het risico om hard te spelen. Dit is erg duur, zoals u helaas weet en twee slagen van fortuin tegen onze roulette hebben me weer uit balans gebracht. Ik heb dat geld absoluut nodig, anders moet ik sluiten.

Frank wachtte. Een mannelijke stem zei iets onverstaanbaars en toen, die aan het woord was, moet hij naar voren zijn gekomen, want hij kon hem horen zeggen:

'Ik heb je gewaarschuwd, Martha, je hebt me veel gekost en juist het moment is heel slecht voor me. Je moet doen wat nodig is en een paar dagen wachten. Precies ik kwam in de overtuiging dat je me wat geld zou kunnen nalaten om een kwestie van grote urgentie op te lossen ... Het is goed dat het niet kan, maar vraag voorlopig geen cent meer. Dat kan niet, ik zweer het!

Freek keek terug. Hij leek voetstappen te horen en waagde zich te ver. Hij had Hamsons stem herkend en met wat hij hoorde, had hij genoeg om te weten wat hij kon verwachten.

Hij keerde op zijn schreden terug en daalde af naar de hal.

De klerk bediende twee nieuwe klanten en zag hem niet weggaan.

Zonder tijd te verliezen verliet hij het plein, besteeg zijn paard en zette in volle galop koers naar Nirvay. Hij voorzag komende en beslissende gebeurtenissen en wilde daarop voorbereid zijn.

Toen hij in de stad aankwam, ging hij rechtstreeks naar het kantoor van de sheriff om hem te vertellen wat hij had ontdekt. Lang luisterde verbaasd naar hem en in een chaos van verwarring vroeg hij:

'Wat concludeer je uit dit alles, Frank?

"Is het niet duidelijk? Hamson onderhoudt op zijn kosten dat luxueuze hotel en de grillen en luxe van de eigenaar. Het gaat slecht en hij begraaft daar vele duizenden dollars. Dit verklaart waarom hij gedwongen is de diefstal van de vijftigduizend dollar en het zal niet alleen zijn. Ze dringt bij hem aan op meer geld en ik heb gedreigd om een herziening van de rekeningen te vragen die het voorschot van zijn ondergang zouden kunnen zijn. Ik zal zeer bedrogen worden als hij niet een nieuwe slag probeert kortom, wanhopiger dan de vorige.

"Wat kun je proberen?

'Ik weet het niet, maar je moet waakzaam zijn, Lang. Vergeet niet dat in Hamsons handen het spaargeld en het kleine kapitaal van veel mensen zijn, die in de ondergang zouden worden gestort. Ik weet niet in hoeverre de bewaarders tot nu toe hebben ontweken om erin te stappen, maar als we het tijd geven om een nieuwe staatsgreep te proberen, zal de catastrofe zeker zijn.

"Ik kan me niet voorstellen hoe we het kunnen vermijden.

'Hamson in de gaten houden. Vandaag ontdekte ik je reis bij toeval, maar net zoals je dat hebt geprobeerd, zou ik iets anders proberen. Alleen jij en ik zijn in het geheim en jij en ik moeten de bewaking opzetten om het aan ons te verdelen. Het zal hard werken zijn, maar misschien niet lang.

"Nou, ik ben het met je idee eens. Omdat ik overdag naar de kantoren moet, heb jij de leiding gedurende die tijd, en 's nachts zal ik mijn rondes maken. Ik geloof net als jij dat Hamson iets beslissends moet proberen om deze kuil op te lossen en eruit te komen.

Oké, Frank verliet de kantoren met een idee in zijn hoofd. Het was bij hem opgekomen om de gebeurtenissen te overhaasten en hij zou dat onmiddellijk doen.

Hij bracht de dag discreet door met rondsluipen in Hamsons kleine huis, verborgen door overwoekerde depressies, en werd zwaar gemarteld toen hij Sylvia tweemaal in de kleine tuin aantrof, een van hen die de planten water gaf en de andere die in een tuin zat. bank, een tijdschrift lezen.

De aanblik van het meisje verbitterde zijn gedachten. Hij vroeg zich af wat er van haar zou worden, als haar vader zichzelf failliet moest verklaren, en erger nog, wat er zou gebeuren als de trotse bankier een nieuwe en gemene actie zou ondernemen die hem op het randje zou brengen.

In andere omstandigheden had hij haar pijn kunnen verlichten en zelfs voor haar toekomst kunnen zorgen, maar wat zou hij nu kunnen proberen, als die beginnende liefde die hen jaren geleden had verenigd in haar borst was gestorven?

Het was een kwelling voor Frank om aan Sylvia en haar toekomst te denken, maar hij kon niets doen om haar ondergang te voorkomen.

Het welzijn van veel mensen in de stad lag in zijn handen en zijn plicht dicteerde dat hij ze niet allemaal opofferde om iemand te redden die hij niets schuldig was, maar het waren slechte tijden en een abnormale en wrede situatie.

Toen de nacht viel, zag hij een paard dat een omweg maakte om niet op het algemene pad te komen en bij het huisje aankwam. Het was Hamson die somber en in een geweldige bui terugkwam.

Sylvia, bezorgd, wilde zijn stemming peilen, maar de bankier was niet in voor vertrouwen. Hij beperkte zich tot te zeggen dat hij afkomstig was van een interview met een aantal van degenen die het grote project dat hij onder handen had aan het voorbereiden was en dat er bepaalde moeilijkheden waren gerezen die hij moest bestuderen om ze op te lossen.

En zonder hem zelfs maar houvast te geven om zijn zenuwen te kalmeren door de belofte te communiceren die hij Frank had afgedwongen, sloot hij zichzelf op in zijn kantoor en moest hij hem die dag niet meer zien en spreken.

De volgende ochtend verscheen Hamson bij de bank. Zijn avond, die tot diep in de nacht duurde, was tot op zekere hoogte vruchtbaar geweest, want hij was tot de conclusie gekomen van bepaalde plannen die hij niet lang zou duren om uit te voeren.

Daar schreef hij een brief die hij samen met een van zijn medewerkers naar de boerderij van Dennis' vader stuurde. Het was een zeer bestudeerde brief, waarin hij hem een onderhandse lening van tienduizend dollar vroeg, met de belofte dat hij acht dagen later zou terugbetalen.

Hij rechtvaardigde zijn toezegging om de vijftigduizend ontbrekende dollars voor eigen rekening te betalen en dat bedrag destijds niet contant te tellen, hij moest onderhandelingen voeren over de verkoop van particuliere effecten, om dat bedrag te innen en in te voeren in de De fondsen van de bank.

Hamson wachtte met spanning op het antwoord. Veel dingen waren afhankelijk van het succes van zijn brief die hem nerveus en bezorgd maakte.

Hij wachtte op het antwoord, toen er iets onverwachts gebeurde waardoor hij bleek van angst werd.

Een van zijn medewerkers had hem zojuist een cheque van tienduizend dollar overhandigd, een bedrag dat Ted Neil, de vader van Frank, op de Bank had gestort en dat de oude koopman op instigatie van zijn zoon claimde als opheffing van zijn betaalrekening in de bank.

Hamson, woedend, beval dat Frank naar zijn kantoor moest worden gebracht, en toen hij met hem werd geconfronteerd, riep hij woedend uit:

'Wat heb je jezelf ten huwelijk gevraagd, Frank?'

"Gewoon geld inzamelen dat mijn vader hier heeft gestort. Je hebt het nodig voor een dringende zaak en aangezien het van jou is, denk ik niet dat iemand je kan weigeren.

"Natuurlijk niet, maar... deze opname van je betaalrekening is heel schokkend. Ben je erop uit geweest de bank te ruïneren?

"Voor mij geldt hetzelfde, maar als dat geld hier is gestort, moet het hier zijn en ik denk niet dat dit een ruïne is.

'Misschien niet, maar u weet hoe de banken werken. Geld wordt verplaatst om te produceren en is niet altijd in de kassa. Er worden aandelen gekocht, leningen verstrekt...

'Ja, maar je gaat me niet vertellen dat al het geld is gebruikt, en als dat zo is... geef me het equivalent daarvan in gemakkelijk verkoopbare en verliesvrije effecten. Mijn vader heeft het geld nodig.

"Vandaag precies?

"Vandaag precies.

'Kun je geen twee dagen wachten? Ik heb een order gegeven om effecten te verkopen en orders geplaatst om leningen te annuleren. Ik wil alles verzamelen zodat het in de doos zit, als jij die vernederende inspectie regelt.

'Sorry, maar ik kan niet wachten. Het moet precies vandaag zijn.

Hamson zweette als een verdomde man. Hij wilde van geen enkele dollar af, en Franks pretentie bracht al zijn plannen in de war.

Wanhopig worstelde hij met Frank om twee dagen uitstel van hem te krijgen, maar de compromisloze jongeman bleef energiek in zijn claim. Niet alleen wilde hij de bankier geen pauze gunnen, maar hij was ook bang dat dit geld, het product van vele jaren werk van zijn vader, zou verdwijnen zonder enige manier om het te redden.

De discussie werd onderbroken door de aanwezigheid van een van de medewerkers met een brief. Het was het antwoord van Dennis' vader.

Hamson scheurde met trillende polsen de envelop open en tuurde naar binnen met een zucht van verlichting. Binnen had hij biljetten van enkele duizenden dollars ontdekt. Boos, zonder toestemming te vragen, las hij gretig de inhoud van de brief. Dit was koud, maar beleefd.

Rancher Powell vertelde hem dat hij haar verzoek meer beantwoordde dan haar een persoonlijke gunst te bewijzen, om zijn buren te helpen hun belangen te garanderen, maar er was niets hartelijks tussen hen na het incident dat zijn zoon zulke bittere problemen had bezorgd, en dat des te meer betreurenswaardig de minachtende houding van Sylvia.

Hamson vervloekte mentaal de beslissing van haar dochter om het uit te maken met Dennis, maar niets deed haar nu meer. Dit was een zaak die tot het verleden behoorde, en het heden vertoonde facetten die hem miljoenen kilometers van zijn projecten weghaalden.

Hij hief zijn hoofd op en toen hij Franks koude blik zag, kreeg hij een abces van woede, en hij haalde de biljetten tevoorschijn en gooide ze brullend op tafel:

" Nemen! En dus dient dit bedrag als vergif voor je vader en voor jou! Je hebt voorgesteld mij te laten zinken, maar het zal je niet lukken. Hamson is sterker en slimmer dan jullie allemaal bij elkaar. Daar heb je je geld en op een dag u zult spijt krijgen van deze intimiderende houding.

'Misschien, maar... daar wil ik liever spijt van hebben dan dat ik mijn vader zijn spaargeld heb laten verliezen.

Hamson, woest, stond schreeuwend op:

'Ga weg, agressieve schutter! Je gebruikt je vaardigheid in het hanteren van de revolver en mijn jaren om me te bedreigen. Jouw geld! Denk je dat ik bij hem zou blijven?

"Ik kan het niet meer geloven, aangezien het mij is teruggegeven. Het is meer een eerherstel, ik zal me haasten om het nieuws mee te delen aan degenen die wachten op het resultaat van dit beheer. Ik zal ze vertellen dat u een serieuze en solvabele man bent, dat u uw verplichtingen nakomt en dat ze kunnen overgaan tot het opnemen van hun deposito's, in de zekerheid dat ze zich niet zullen verzetten tegen een dergelijk legitiem recht.

En met een komische groet verliet hij het kantoor.

Hamson verstijfde bij de dreiging. Als hij zich eraan hield en de bewaarders naar het raam begonnen te stromen, kon alleen de inhoud van zijn revolver, goed op zijn hoofd aangebracht, de situatie oplossen.

En omdat hij bang was zijn toevlucht te moeten nemen tot een dergelijke maatregel, haastte hij zich om zijn werknemers te bevelen iedereen te waarschuwen die op zoek was naar geld, dat hij was vertrokken en dat ze pas de volgende dag geld zouden kunnen opnemen. Het was het enige wat hij kon doen om tijd te winnen, de tijd die hem verpletterde.

HOOFDSTUK X

GECORRELEERD

Hamson had niet alleen gerekend op het stoppen van de staatsgreep tot de volgende dag, maar tot de volgende dag, aangezien het zondag was en omdat het een feestdag was, kon niemand hem dwingen de voorschriften te overtreden door de kantoren te openen. Hij had bijna twee dagen respijt; Twee dagen die hem goed van pas zouden kunnen komen en hij besteedde al zijn energie aan het gebruik ervan.

Om één uur beval hij zijn medewerkers het werk te verlaten. Slechts één boer was naar voren gekomen voor vijftig dollar, en Hamson had snel opdracht gegeven om het te betalen, want het bedrag was niet alarmerend.

Toen hij alleen gelaten werd, sloot hij zich de bank binnen en begon koortsachtig te controleren of er contant geld in de dozen zat. Hij had elke laatste cent en de laatste verpandbare waarde nodig en hij was niet van plan iets anders achter te laten dan de muren van de bank en de papieren van een toekomstige nutteloze baan.

Toen hij alles bij elkaar had, stopte hij het zorgvuldig in een grote leren zak en sloot het op in zijn kantoor. Hamson was ontroostbaar en woedend op Frank, die hem materieel tot zinken had gebracht, een groot project dat hij had gefrustreerd, om niet alleen degenen die de eerste vijftigduizend dollar misten van zijn rekening te hebben gespaard, maar nog een vergelijkbaar bedrag.

Nu kon hij niet langer vertrouwen op trucs. Hij werd lastiggevallen en stond op het punt ontdekt te worden en moest profiteren van de weinige uren vrijheid die hij nog had om te vluchten met de arme kruimels die hij nog had.

Hij kon niet langer rekenen op de tienduizend dollar die hij zo verraderlijk van Powell had gestolen. Die demon Frank, van wie hij graag af had willen komen voordat hij ontsnapte, was slimmer geweest dan wie dan ook, gissen naar zijn financiële situatie en het kon hem niet meer schelen wat er gebeurde, maar wat er zou kunnen gebeuren. Als Franks verdenking nog verder ging, zou zelfs weglopen hem misschien niets kunnen helpen.

Maar hij moest het proberen. Zijn situatie was ronduit schrijnend. Deze vrouw uit Thedford had hem op een snelle en pijnlijke manier naar de rand van de afgrond geleid, en wat hij het meest betreurde, was dat dit offer hem zelfs niet zou dienen om haar te behouden, omdat hij nu gedwongen zou zijn heel erg te vluchten. ver om te vermijden dat de klauwen van de Wet hem een onbepaalde accommodatie verschaften, zeer vijandig aan degene die hij tot dan toe had genoten.

Even verontrustte de aanblik van zijn dochter hem. Hij kon haar niet meenemen, want ze zou een belemmering en een gevaar zijn; Evenmin kon hij haar een verklaring geven van haar situatie die ze niet meer kon rechtvaardigen dan door de waarheid te onthullen, waartegen ze zich verzette vanwege een spoor van bescheidenheid, en ze moest haar aan haar wil overlaten zonder middelen van fortuin en alleen met die kleine boerderij die zelfs zij haar niet kon redden als het gaat om het liquideren van een faillissement.

Maar het instinct tot zelfbehoud was sterker dan enig ander gevoel. Hoe dan ook, vluchtend of blijvend, Sylvia's situatie zou hetzelfde zijn, en aan de andere kant zou hij niet genieten van de mogelijkheid zichzelf te redden.

Het lot had het zo geregeld en zo moest hij het aanvaarden, of hij er nu spijt van had of niet.

Toen er geen geld meer over was om te innen, bekeek hij boeken en papieren en koos hij de meest compromitterende uit, evenals bewijs van lopende rekeningen. Hij liet niets van waarde achter, behalve het gebouw, maar als ze met hun waarde het tekort pro rata wilden wegwerken, zou hij een schisma achterlaten omdat niemand kon rechtvaardigen wat hij had gestort.

Halverwege de middag verliet hij de Bank op zijn rug en zorgde ervoor dat hij niet werd gezien. Het was het uur waarop de landarbeiders naar de stad zouden toestromen en hij wilde niet door hen gezien worden.

Gelukkig keek de achterkant van de Bank uit op een weinig bezocht steegje, en ze koos anderen die net zo eenzaam waren als zij, bereikte de buitenwijken en ging op weg naar haar boerderij.

Daar aangekomen ging hij de schuur binnen waar hij zijn buggy bewaarde en het leren jack onder de stoel verstopte. Later verzamelde hij in zijn kantoor wat voorwerpen en papieren die hij niet in handen van de sheriff wilde laten vallen en ging naar de woonkamer, waar Sylvia in hele donkere gedachten aan het borduren was.

De bankier toonde grote blijdschap, benaderde haar, en na haar te hebben gekust, zei:

'Luister Sylvia, ik sta op het punt een groot deel af te maken. Je weet dat ik op iets over hem zinspeelde; Nou, ik ga je vertellen waar het over gaat, zodat je de omvang ervan beseft en me helpt met een kleine behoefte die je medewerking vereist. Kolossale werken zullen binnenkort beginnen te profiteren van de wateren van de Missouri en een irrigatiezone voor de hele vallei creëren, een nieuwe spoorwegtak die die oude stagecoachlijn in Missouri zal doen verdwijnen, en een energiecentrale die vloeistof en kracht zal geven. naar de regio.

«Het project is geweldig, maar de concurrenten die ons bij de hand willen verslaan, staan erachter. Iemand heeft vermoed dat ik een belangrijke agent in het project ben en ze volgen me zodat ik, voor zover ik weet, de grote kapitalisten kan bereiken die de werken financieren en vandaag precies moet ik hier vertrekken om het laatste en laatste interview te houden met maar ik vermoed dat iemand achter mij aan zit om uit te zoeken wie het is en het project in hun voordeel te hinderen.

"Daarom heb ik uw hulp nodig om te marcheren en iedereen te misleiden die mij wil bespioneren.

'Ok papa, maar wat kan ik doen?

"Ik ga het je vertellen. Je gaat rijden in de stoet waaraan je twee goede paarden zult haken en alsof je een ritje gaat maken, breng je het naar het bos vijf kilometer verderop, vlakbij de rivier. Je weten waar het is, want we hebben een paar middagen een hapje gegeten, samen erin.

«Haal nog een paard voor je en als je in het bos bent, ontgrendel je het, verberg je het optreden en keer je te paard terug. Als iemand je ziet vertrekken en vervolgens zonder optreden terugkomt, zeg je dat er een wiel kapot is en dat je naar mij op zoek bent.

"Dat is een veel voorkomend ongeval dat mensen zullen geloven. Als je terug bent, gaan jij en ik te paard alsof we op zoek gaan naar het beschadigde rijtuig. Als we ons samen te paard zien, zal niemand vermoeden dat ik op pad ga met de bedoeling om op reis te gaan en zullen ze zich geen zorgen om ons maken.

«Als we bij het optreden zijn, vertrek ik met hem en jij komt een tijdje later terug met je paard en het mijne, dan, als iemand je vraagt, zeg je dat ik heb geregeld om het optreden te repareren en je sluit jezelf op in de boerderij.

"Heel goed, pa; dat zal ik doen, maar waar ga je heen? Je vertelt me nooit iets.

'Deze keer zal ik het je vertellen, gek. Ik ga naar Rita Park.

'Blijf je lang weg?

'Nee. Ik denk dat ik hier maandag als eerste zal zijn om de bank te openen. Maak je geen zorgen en schiet op.

De jonge vrouw gehoorzaamde en liep naar de schuur, spande de drie paarden aan en vertrok naar de aangegeven plaats, klaar om haar vaders instructies naar de letter uit te voeren.

Frank, die, in een hinderlaag gelokt in zijn observatorium, het huisje niet uit het oog verloor, zag Sylvia vertrekken met de buggy waarin hij niemand aantrof en vroeg zich af waar ze heen zou gaan. Maar aangezien ze met de koets naar het dorp ging en het soms meenam om op de paarden te rijden, was hij niet ongerust.

Alleen de drang om haar tegemoet te gaan om haar te vergezellen overmeesterde hem, maar zijn plicht om over Hamson te waken, die hij steeds meer wantrouwde, hield hem tegen.

Drie kwartier later ontdekte hij een ruiter die terugkeerde naar het huisje, en zijn scherpe ogen herkenden Sylvia, wat hem verontrustte, want hij keerde terug zonder de buggy.

Een onstuitbare impuls dwong hem zijn observatorium te verlaten, en een omweg makend om het gevoel van spionage te begrenzen, ging hij naar buiten om Sylvia te ontmoeten.

Ze maakte een gebaar van ongenoegen, maar had er al snel spijt van, en ze boog haar hoofd en probeerde verder te gaan.

Frank passeerde zijn paard met de vraag:

"Sylvia, hoe gaat het op dit uur, hier alleen? Het is nacht en...

"Is het iemands account? Ik ging een ritje maken met een buggy en een wiel brak ongeveer drie kilometer van hier. Ik zoek mijn vader om me te vergezellen om het te repareren.

'Waar ga je hem voor lastig vallen? Een bankier met een buik en gepolijste handen kan zich niet verlagen tot dergelijke taken. Ik kan...

'Bedankt. Het is onze rekening en mijn vader is niet vergeten dat hij een rancher was, geloof het of niet.

'Oké, ik zie dat je een hekel hebt aan gunsten waar je niet om vraagt. Wat de anderen betreft...

"Voor mij geldt hetzelfde. Het spijt me dat ik je er niet om heb gevraagd en ik ontlast je van de vervulling ervan. Ik heb het mijn vader niet eens verteld omdat ik weet dat hij het zou afwijzen.

"Ok, ondanks dat ga ik het niet doen. Het woord van een man is woord.

'Bedankt... sorry, maar ik heb haast.

En hij spoorde het paard aan en draafde naar het huisje.

Frank was niet verrast door het ongeluk. Een wiel bokt gemakkelijk, maar hij was benieuwd of Hamson persoonlijk langs zou kunnen komen om de koets te repareren.

Toen hij Sylvia uit het oog verloor, keerde hij terug naar zijn schuilplaats. Hij zou kijken of de bankier met zijn dochter uitging en dan op Lang wachten. Het werd nacht en de sheriff moest hem vervangen.

Het duurde niet lang voordat Sylvia hem de waarheid had verteld. Kort daarna kruisten de jonge vrouw en de bankier, beiden te paard, elkaar in de zachte avondschemering voor Franks scherpe blik.

Hij merkte niets in het bijzonder in de rancher. Hij droeg een leren jack en een grijze broek met hoge laarzen en droeg een zak over de nek van zijn paard waarin gereedschap voor de verzorging moest zitten.

Frank wilde niet weg van zijn observatorium. Het was heel bloot om hen te volgen, want de weg was open en na Sylvia al gezien te hebben, zou het verdacht zijn om zich weer in hun ogen te laten zien.

Een half uur later kwam Lang opdagen en Frank realiseerde zich wat er was gebeurd.

'Verdenk je iets, Frank?' vroeg de sheriff.

"Niet echt. Ik zag haar met de buggy naar buiten gaan en zonder terug komen. Nu zijn de twee te paard gegaan. Ik denk niet dat Hamson iets met zijn dochter zal proberen als een belemmering. Het kan een onvoorzien incident zijn. Ik denk niet dat het lang zal duren om het te bekijken.

"Nou, als je wilt, kun je gaan.

'Nee. Ik zal wachten tot ze terugkomen. Ik wil je niet alleen laten zonder die verzekering.

Het wachten duurde lang. Het ongeluk moest ernstig zijn of Hamsons vermogen heel weinig en Frank begon ongeduldig te worden met een lichte twijfel.

'Als je nog een kwartier de tijd neemt, zal ik proberen je te lokaliseren, ik weet nu niet zeker of dit allemaal natuurlijk is.

Lang liet doorschemeren:

"Als Hamson vermoedt dat hij in de gaten wordt gehouden, is hij dat misschien niet.

'Dat weet ik niet zeker, maar voor de zekerheid laat ik hem geen initiatieven nemen. Hij is slim en een wanhopige man zoals hij moet alert zijn op alle onvoorziene omstandigheden.

Tien minuten later vingen ze de draf van de paarden en verstopten zich in het bos, Frank zei:

"Daar keren ze terug, maar... het lijkt mij dat ze terugkeren zonder het optreden. Misschien hebben ze de regeling moeten opgeven.

Meer nog toen ze in het licht van de maan, die op de vlakte helder en rond begon te lijken, de twee paarden ontdekten en alleen Sylvia op een van hen, sprak Frank een vloek uit.

" Ray! Dit ruikt niet lekker voor mij, Lang ... Zij met de twee paarden, Hamson komt niet terug, noch de buggy. Was het nuttig om de ontsnapping te beginnen?

'Je moet erachter komen, Frank. Als we onvoorzichtig zijn en hem de kloof laten bereiken, kunnen we afscheid van hem nemen.

Frank wachtte niet langer, wierp zijn paard over de heg en ging de jonge vrouw tegemoet.

Boos stopte ze de draf van het paard en riep:

'Ben je me aan het bespioneren, Frank? Het is zeer verdacht dat...

'Verdenk wat je wilt, het is hetzelfde voor mij. Waar is je vader?

'Het optreden repareren.

"Waar?

"Wat kan het jou schelen? Waar dan ook.

Frank schudde haar boos bij de arm, brullend:

"Stom! Je speelt het spel van de grootste schurk die hij ooit in zijn leven heeft begaan en hij heeft er veel begaan. Je helpt hem voor altijd te vluchten van jou en de stad.

"Liggen!" brulde ze verontwaardigd. " Ik weet waar het heen gaat en waar het is! Je bent een schurk.

'En jij bent een stompzinnige. Je vader is failliet, hij heeft de gelden van de bank verduisterd, hij heeft een diefstal van een tas met vijftigduizend dollar in scène gezet die hij er niet in had gestort, zoals we in zijn tijd zullen aantonen en hoe hij ertoe wordt gebracht rekenschap te geven voor dat geld dat is. Het is opgegeten door een vrolijke vrouw uit Thedford, zoals ik je ook zal laten zien, ren weg.

«Je vader is een schurk die niet alleen zichzelf heeft geruïneerd en hij heeft jou geruïneerd, maar hij heeft van de hele stad gestolen en hij en niemand behalve hij was degene die het podium beroofde en Jasper doodde om de zak met lood terug te krijgen, en doen alsof de inhoud was gestolen.

Sylvia kon de verschrikkelijke klap die die energieke beschuldigingen voor haar betekenden niet weerstaan, en met een kreet van pijn boog ze zich over de nek van het paard en rolde op de grond, waar ze levenloos was.

Frank rende hem te hulp en Lang, woedend, schreeuwde:

"Goed dat je het hebt gedaan! Je hebt hem een dodelijke slag toegebracht en nu kunnen we niet weten waar die pad is gebleven.

'Maar we zullen hem vinden, Lang. We zullen hem vinden, zelfs als hij zelf naar de hel gaat. Een optreden galoppeert niet wat twee paarden zoals de onze. Help mij. We laten deze idioot achter op zijn boerderij en gaan achter de sporen van dat varken aan. Hij is heel slim geweest, maar hij heeft Frank Neil niet gehad.

Frank besteeg zijn paard en Lang tilde Sylvia's lichaam op en gaf het aan haar om voor hem neer te leggen. Toen sprong hij in het zadel van zijn zadel en nam de twee paarden onder zijn hoede en ze draafden naar het huisje, dat niet ver weg was.

Frank bonsde op het hek en kort daarna verscheen de tuinman. Frank, zonder af te stijgen, riep uit:

'Zorg alsjeblieft voor de dame. Hij is flauwgevallen tijdens het terugkeren en is van zijn paard gevallen. Ik denk dat het geen kwestie van zorg zal zijn, maar het was handig dat ze haar neerlegden en op zoek gingen naar de dorpsdokter. Ik weet zeker dat je het nodig zult hebben.

Hij overhandigde het lichaam van het meisje, liet de twee paarden op slot en zei tegen Lang:

" Gaan?

'Goed, maar wacht tot ik eerst langs de kantoren kom. De achtervolging kan lang en moeilijk zijn en we zijn er niet op voorbereid. Het is beter een kwartier meer te verliezen dan later helemaal op te moeten geven.

In een demonische draf gingen ze de stad in en stopten voor de kantoren. Lang weerhield zich van munitie, een andere revolver en het geweer, voorzag zijn partner van projectielen en stopte wat conserven in een zak. Hij nam ook twee kantines met water en twee dekens mee.

"Kom op, Frank", zei hij, "nu kunnen we naar de kloof galopperen zonder te stoppen wegens gebrek aan voorzorgsmaatregelen.

Willekeurig namen ze het pad dat Sylvia had teruggebracht. Ze wisten niet welke kant ze op waren, maar instinct waarschuwde hen dat de kortste en veiligste weg voor Hamson de scheidslijn was.

HOOFDSTUK XI

Het was al nacht en de duisternis was geen goede bondgenoot om snel de voetsporen van de bankier te kunnen lokaliseren. Een zacht blauwachtig maanlicht verlichtte zwak het landschap en de gloed was te zwak om het terrein te kunnen registreren.

Ze moesten een beetje willekeurig vertrouwen. Op het moment was de weg die van het noorden, maar niemand; hij wist waar hij heen had kunnen drijven, hetzij in de richting van de Missouri, hetzij in de richting van de Lupp, om alle achtervolging af te stoten.

Het eerste obstakel dat zich voor hen opdook, was het kleine bos waar Sylvia het optreden verborg om terug te keren op zoek naar haar vader. Frank geloofde niet dat het in hem verborgen was, maar wilde eerst kijken voordat hij verder ging, en stopte het paard en steeg af.

Kort na binnenkomst ontdekte hij tussen de bomen iets dat hij een goede aanwijzing vond. Hamson had de kleine zak met gereedschap achtergelaten die hij van de boerderij had meegenomen om zijn vertrek te rechtvaardigen.

Met dit detail doorzocht de jongeman aandachtig de vloer en ontdekte al snel de sporen van de wielen van de buggy die het taxiën naar het westen markeerden.

"Doe Maar!" zei hij tegen de sheriff. Hamson moet doorgaan naar het algemene pad 'en hij vertelde hem wat hij had ontdekt.

Toen ze terrein aan het afgraven waren om het pad te bereiken, bereikte een verre tinkel hun oren en vanaf de top waar ze liepen, ontdekten ze de witte lichten van twee beweegbare lantaarns.

"Dat is waar het podium in Missouri naartoe gaat!" Lang waarschuwde.

'Hij verliet de stad toen wij.

De zware romp lag voor hen en ze waren al snel uit het zicht.

'Denk je dat hij het algemene pad zal durven volgen?' vroeg de sheriff.

"Ik vermoed van niet. Je wilt niet gezien worden. Als je diezelfde richting volgt, probeer je het via onopvallende plekken te doen en zullen we proberen een soortgelijk pad te volgen.

Door weiden en velden, soms over ruig terrein, volgden ze zonder een spoor te ontdekken. Hoewel ze gestaag galoppeerden, waren ze er niet in geslaagd de voortvluchtige in te halen.

Frank voelde zich nerveus. Hij vreesde dat hij verdwaald was en wist dat het een vergissing was om Hamson de mogelijkheid te geven om door een van de twee divisies te filteren.

Ze waren ongeveer vijf mijl onderweg toen Lang naar een heg wees en zei:

'Ik zie daar een vreemde bult, Frank. Het is iets dat uit de struiken steekt.

Ze dreven naar hem toe en toen ze dichterbij kwamen, zwoer Frank een eed. Verborgen in de heg verscheen de verlaten buggy. De paarden waren er niet, maar de koets wel.

"Het kan niet ver zijn gekomen," verzekerde de jonge man. Die paarden zijn niet goed voor lange races.

Hij speurde het terrein opnieuw af en met zijn scherpe gezichtsvermogen vond hij hoefsporen op weg naar de weg.

'Kom op,' zei hij, 'hij moet geprobeerd hebben naar de andere kant over te steken, richting Missouri.

Ze galoppeerden verder, maar voordat ze het pad bereikten, ontdekten ze een eenzaam paard dat in het gras scharrelde.

'Dit is een van zijn paarden,' zei Frank. Waar is de andere?

'Tussen haar benen,' verzekerde Lang. Hij zou niet te voet vertrekken.

"Natuurlijk niet, maar... ik ben niet overtuigd. Met die penco kan hij niet eens bij Seneca komen, hoeveel te meer tot aan de grens."

Plotseling sloeg hij op zijn voorhoofd en brulde:

"Galopperen Lang! We moeten stagecoach bereiken.

" Omdat?

'Je vermoedt het niet? Hamson is slim als de hel. Hij moest van het podium stappen om erop te rijden. Hij zal berekenen dat terwijl wij tijd verspillen aan het zoeken naar hem in de koets of op de paarden, de stagecoach hem twee uur van de kloof heeft gebracht. Kom op, Lang!

En in volle galop renden ze het pad af, op weg naar de volgende stad.

Franks vermoedens waren niet ongegrond. Hamson had alles tot op de minuut berekend en was er zeker van dat hij zou slagen in deze postume en wanhopige poging.

Op de weg, gepost, wachtte hij tot het voertuig voorbij was en liet het stoppen.

Hij beweerde dat hij een dringend bericht had ontvangen om naar Marsland te gaan en dat hij er via kortere wegen in was geslaagd het voertuig te bereiken zonder tijd om te wachten op het voertuig dat twee dagen later de stad zou doorkruisen.

Hij stapte op de kist bij de burgemeester, aan wie hij een goede tip gaf en zijn verhaal vertelde. Hij moest in de eerder genoemde stad een belangrijk en geschaald bedrag deponeren van wat er in de vorige was gebeurd, hij wilde het persoonlijk bewaken.

De burgemeester, die zich weinig bewust was van wat er in Nirvay was gebeurd, vermoedde niets bijzonders en stemde ermee in de bankier mee te laten rijden op de kist.

Hamson, verlost van de angst die hem overweldigde, plaatste de zak tussen zijn benen en zorgde ervoor dat de revolver gemakkelijk uit zijn holster gleed.

Hij was klaar om zich tot het laatste moment te verdedigen, hoewel hij er bijna zeker van was dat zijn manoeuvre zijn vijanden zou misleiden en dat hij ver van Nebraska zou zijn als ze zijn ontsnapping wilden realiseren.

Omstreeks negen uur bereikten ze Seneca, waar de paardenploeg moest worden gewisseld en de reizigers een uur de tijd zouden hebben om te dineren in de kantine van de Casa de Postas.

Hamson weigerde af te dalen. Hij had gegeten en had helemaal geen eetlust, en terwijl de opzichter en de reizigers uitstapten om weer op krachten te komen, bleef hij bovenaan de kist staan, zijn zak bewakend en naar zijn rug starend om niet verrast te worden.

De stalknechten verwisselden de paarden en lieten het voertuig klaar voor vertrek, en toen er nog geen half uur was verstreken sinds hun aankomst, kreeg Hamson een vreselijke start.

Hij hoorde het gekletter van de galop van een paar paarden die langs het pad kwamen dat hij had achtergelaten, en toen hij zich boos omdraaide, keek hij om.

Kort daarna legde hij een vreselijke eed af. Hij had de paarden herkend en ook Lang en Frank.

Er was geen twijfel meer dat hij ontdekt was en als een in het nauw gedreven beer keek hij overal.

Hij had maar één kans om te vluchten en hij verachtte die niet. Hij greep de teugels van de vier trekpaarden binnen bereik van zijn handen en dwong de dieren snel te starten, terwijl hij met de zweep knalde.

Het voertuig gleed als een uitademing verschrikkelijk naar beneden en gleed het stoffige pad af, en het geraas van zijn mars en het gekke gerinkel van de bellen alarmeerden de opzichter, die de tafel verliet, als een wervelwind naar de deur ging en riep:

"De paarden ontsnappen, ze ontsnappen!

Op dat moment stopten Lang en Frank hun bezwete rijdieren bij de deur van het postkantoor, en Frank, tegenover de bange voorman, vroeg:

" Wat gebeurd er?

"De duivel die weet... Het rijtuig stond daar terwijl we aten en plotseling begon het...

" Enkel en alleen?

'Ja... dat wil zeggen, nee... meneer Hamson uit Nirvay zat op de doos... hij gaat...

Frank liet hem niet uitpraten; hij stuwde zijn paard naar voren en schreeuwde:

'Lang, galop, dat is van ons!

En de burgemeester nog verbaasder achterlatend, verdwenen ze in een stofwolk op zoek naar de stagecoach.

Het was in de verte verdwaald als een spook in het stof, maar Frank en Lang vertrouwden hun paarden en zouden het zeker inhalen.

Er ontstond een verschrikkelijke strijd tussen het voertuig en de dappere rijdieren. Hamson sloeg ze meedogenloos met de zweep, dwong hen om hun maximale prestatie te leveren, en van tijd tot tijd draaide hij zijn hoofd in angst, zich realiserend met angst dat in plaats van de wind op te blazen, hij terrein verloor.

Gek van woede liet hij de teugels los en trok zijn revolver. Voordat hij zich liet vangen, zou hij sterven met wapens in de hand en proberen zijn vijanden weg te jagen.

Blind geschoten. Het projectiel floot langs Lang en Frank, en Frank haastte zich om te antwoorden en vuurde op het rijtuig.

Hamson gaf niet langer om het besturen van het voertuig. Met zijn borst op de rand van het bovenste deel rustend en zijn hoofd naar buiten stekend, vuurde hij fel op beide rijders en ze herhaalden zijn schoten in een poging hem te bereiken.

De auto, zonder richting, was als een meteoor die willekeurig rolde. Een enorme kuil deed hem wankelen, hij stond op het punt de bankier uit hem te gooien, maar hij klampte zich wanhopig aan de top vast en slaagde erin zijn evenwicht te bewaren, maar hij kon niet voorkomen dat de leren zak met het product van zijn overval op de grond werd gegooid. de weg.

Verdwaasd keek hij hulpeloos toe terwijl Lang pauzeerde om het op te rapen en toen worstelde om zich bij zijn partner aan te sluiten bij het voortzetten van de tragische achtervolging.

En dus zette het voertuig in deze wedstrijd, die terrein verslindt, zijn fantastische race voort, nu door ruig en gevaarlijk terrein en de twee ruiters, stoer en koppig, volgden de stagecoach, klaar om hun rijdieren te laten barsten in plaats van de jacht op te geven.

Plots deed zich een onverwachte ramp voor. De zware romp, die sneller vloog dan het open pad aan de rand van een dijk afrolde, ging uit de weg. Een van de wielen aan de linkerkant brak van zijn as toen het op een klif strompelde en het voertuig leunde naar die kant en bleef een moment in een onstabiele houding, totdat het onder zijn eigen gewicht in de leegte zonk en achter zich aan sleepte om de paarden en de gekke Hamson.

Toen Lang en Frank, razend van verbazing, hun rijdieren konden bedwingen en over de klif konden kijken, hadden ze niets te doen. Het rijtuig lag op de bodem meer dan twintig meter hoog, volledig verbrijzeld.

De zon stond hoog genoeg toen Lang en Frank, met de sporen van de verschrikkelijke dag op hun gezicht, Nirvay binnenreden, recht op Hamsons landgoed af.

Ze zouden Sylvia het vreselijke nieuws vertellen en Frank, gegrepen door een onstuitbare angst, was er kapot van toen hij nadacht over de situatie waarin de jonge vrouw zich bevond.

Deze, bleek en nerveus, ontving hen, probeerde kalm te lijken en vroeg bevend:

'Mag ik weten wat je naar dit huis brengt?

Frank, zichtbaar ontroerd, riep uit: |

'Sylvia, het spijt me vreselijk nieuws voor je te hebben, maar het heeft geen zin om het voor je te verbergen. Je vader is dood.

Ze slaakte een verschrikkelijke gil, en terwijl ze zijn jas vasthield, kreunde ze:

'Frank! Jij... je hebt hem vermoord!

"Nee, Sylvia. Hij zou het niet hebben kunnen doen, niet voor hem, maar voor jou... Zijn dwaasheid, zijn ambitie en zijn waanzin hebben hem gedood; luister en je zult veel dingen weten die je negeert.

En bondig legde hij alles uit zonder details weg te laten.

Ze luisterde naar hem tussen snikken van oneindige angst door, en toen Frank het verhaal uit had, huilde ze:

"Oh mijn God, wat een schande! Mijn vader een...

"Luister, Sylvia," viel Frank in de rede, "als je wilt, hoeft niemand het te weten. We kunnen zeggen dat hij bij een ongeluk om het leven is gekomen. Terwijl hij op het postkantoor wachtte, renden de paarden wild en gooiden hem over de klif. Lang is bereid deze leugen om bestwil te onderschrijven... voor jou en mij.

'Waarom jij, Frank? Mijn vader is je vijand geweest en hij heeft je veel schade aangericht. Nu besef ik het.

"Het is waar, maar hij heeft al voor zijn fouten betaald en jij hebt er niets mee te maken.

'Maar ik heb je onrecht aangedaan, Frank. Ik werd beïnvloed door zijn woorden en advies en geloofde ... Mijn God, ik zal het mezelf nooit vergeven!

'Maar ik vergeef je, Sylvia. Ik moet wel, want ondanks alles... hou ik nog steeds van je zoals toen of misschien wel meer. Ik kwam alleen met de hoop je liefde te kunnen redden en ik wanhoop er nog steeds niet aan.

'En jij, zou je je kunnen aansluiten bij... de dochter van een oplichter?

"Wat maakt het mij uit wat hij zou kunnen zijn, als jij dat niet bent?

'O, Frank, je bent zo goed, zo veel... dat ik me schaam om je te horen... ik... ik... hield van je, ik hield nog steeds van je ondanks Dennis... maar mijn vader...

"Vergeet dat, Sylvia. Als het waar is dat je nog steeds van me houdt zoals toen, kan alles worden opgelost.

"Hoe? Mijn vader heeft het geld van de bank verkwist. Hij is failliet en dat kan niet verborgen worden...

"Ik denk het wel. Sylvia. Hier, in deze tas, hebben we een deel bewaard van wat er is buitgemaakt, ik heb gisteren tienduizend dollar van mijn vader opgenomen, wat ik kan hebben, maar ik heb ook vijftigduizend van mezelf, met hen hebben we kan de situatie onder ogen zien, de bank openen, de meest dwingende bijwonen en bestuderen hoe de werking ervan kan worden gereorganiseerd. Ik ben bereid als een beest te werken om het bedrijf overeind te krijgen. Ik heb er nooit van gedroomd een bank te leiden, maar ik beschouw mezelf geschikt voor het.

"Maar...

"Maak geen bezwaar. Jij bent de enige erfgenaam van je vader. Als we trouwen, moet ik, als uw man, de zaken regelen. We brengen je overeind, we versterken het vertrouwen van de buren en we zullen blij zijn. Tijd is een kalmerend middel voor pijn en een goede spons om feiten uit te wissen die de wind beetje bij beetje wegneemt. Heeft u iets om bezwaar tegen te maken?

'Niets, Frank, behalve dat ik mezelf die genegenheid en dat offer die je voor me probeert onwaardig vind. Ik was een frivole vrouw die zich liet verleiden door de luchtspiegeling van grootsheid en praal, en nu legt de realiteit de verschrikkelijke waarheid voor mijn ogen.

"Goed, maar dat kan ook worden gewist. Vergeet dat je naar zo'n school ging en kijk terug op de gelukkige dagen toen je de dochter van een rancher was en ik een pioen op je ranch. Dus gaan we terug naar het leven van dat leven, dat van ons is, het ware Westen, de rest kan als een droom worden achtergelaten.

Ze wierp zich in zijn armen, snikkend:

"Dank je Frank, ik wil dat het zo is. Moge dat vergeten worden als een vreselijke droom en moge dit geluk dat je me brengt en waarvan ik denk dat ik het niet verdien geen droom zijn.

EINDE